Oeste

CARYS DAVIES

Oeste

TRADUÇÃO
José Rubens Siqueira

Copyright © 2018 by Carys Davies
Publicado originalmente pela Scribner, um selo da Simon and Schuster, Inc., Nova York.
Publicado mediante acordo com MB Agencia Literaria SL. e The Clegg Agency, Inc.,
Estados Unidos.
Todos os direitos reservados.

*Grafia atualizada segundo o Acordo Ortográfico da Língua Portuguesa de 1990,
que entrou em vigor no Brasil em 2009.*

Título original
West

Capa
Lauren Peters-Collaer

Imagens de capa
À esquerda © Barney Burstein/ Contributor/ Corbis Historical/ Getty Images;
à direita © De Agostini/ Biblioteca Ambrosiana/ De Agostini Picture Library/ Getty Images

Preparação
Fernanda Villa Nova

Revisão
Valquíria Della Pozza
Isabel Cury

Dados Internacionais de Catalogação na Publicação (CIP)
(Câmara Brasileira do Livro, SP, Brasil)

Davies, Carys
    Oeste / Carys Davies ; tradução José Rubens Si-
queira. – 1ª ed. – Rio de Janeiro : Alfaguara, 2018.

    Título original: West.
    ISBN: 978-85-5652-070-8

    1. Ficção inglesa 1. Título.

18-16939   CDD-823

Índice para catálogo sistemático:
1. Ficção : Literatura inglesa   823

Cibele Maria Dias – Bibliotecária – CRB-8/9427

[2018]
Todos os direitos desta edição reservados à
EDITORA SCHWARCZ S.A.
Praça Floriano, 19, sala 3001 – Cinelândia
20031-050 – Rio de Janeiro – RJ
Telefone: (21) 3993-7510
www.companhiadasletras.com.br
www.blogdacompanhia.com.br
facebook.com/alfaguara.br
instagram.com/editora_alfaguara
twitter.com/alfaguara_br

Para C, G, B e A

Pelo que ela podia ver, ele tinha duas armas, uma machadinha, uma faca, o cobertor enrolado, um grande baú de lata, várias bolsas e trouxas, uma das quais ela imaginou que devia conter as coisas de sua máe.

"Até onde você tem que ir?"

"Depende."

"De onde eles estão?"

"É."

"Então até onde? Uns mil e quinhentos quilômetros? Mais de mil e quinhentos?"

"Mais de mil e quinhentos, eu acho, Bess, é."

A filha de Bellman enrolava um fio solto do cobertor que até aquela manhã tinha estado na cama dele. Ela olhou para ele.

"E depois a mesma coisa de volta."

"É, a mesma coisa de volta."

Ela ficou calada por um momento. Havia nela um ar sério e compenetrado, como se tentasse imaginar uma viagem daquela magnitude.

"É muito longe."

"É, é, sim."

"Mas vale a pena, se encontrar eles."

"Acho que sim, Bess. É."

Ele viu que ela olhava para as trouxas, as bolsas, o grande baú de lata e se perguntou se estaria pensando nas coisas de Elsie. Não queria que ela visse que as tinha embalado.

Ela desenhava um círculo no chão enlameado com o bico da bota.

"Então, quanto tempo você vai ficar longe? Um mês? Mais que um mês?"

Bellman balançou a cabeça e pegou a mão dela.

"Ah, Bess, mais que um mês, sim. Um ano pelo menos. Talvez dois."

Bess balançou a cabeça. Seus olhos ardiam. Era muito mais tempo do que imaginava, muito mais tempo do que esperava.

"Daqui a dois anos eu vou ter doze."

"Doze, sim." Ele a levantou e a beijou na testa, disse até logo e, no instante seguinte, estava em cima do cavalo com o casaco de lã marrom e o chapéu preto alto. Partiu pelo caminho de pedras que saía da casa, já em direção ao oeste.

"Você olhe muito bem, Bess, a figura do seu pai indo embora", disse a tia Julie da varanda, em voz alta, como uma proclamação.

"Olhe para ele, Bess, essa pessoa, esse idiota, meu irmão, John Cyrus Bellman, porque você não vai botar os olhos em um maior. De hoje em diante, para mim ele vai contar entre os perdidos e os loucos. Não espere ver ele de novo, e não acene, que só vai dar força e fazer ele pensar que merece seus bons votos. Entre agora, filha, feche a porta e esqueça dele."

Bess parou por um longo tempo, ignorou as palavras da tia Julie e ficou olhando o pai se afastar.

Na sua opinião ele não parecia nada idiota.

Na sua opinião parecia imponente, decidido, valente. Na sua opinião parecia inteligente, romântico, aventureiro. Parecia alguém com uma missão que o diferenciava dos outros e, enquanto estivesse longe, ela guardaria aquela imagem dele na cabeça: em cima do cavalo, com as bolsas, trouxas e armas, lá em cima em seu casaco comprido e o chapéu de chaminé, a caminho do oeste.

Ela não tinha dúvida de que o veria de novo.

John Cyrus Bellman era um homem de trinta e cinco anos, alto, corpulento, ruivo, com mãos e pés grandes, barba castanho-avermelhada cerrada, que ganhava a vida criando mulas.

Era instruído, até certo ponto.

Sabia escrever, embora errasse a grafia das palavras. Sabia ler devagar, mas bastante bem, e havia ensinado Bess a fazer o mesmo.

Sabia um pouco sobre as estrelas, o que ajudaria quando precisasse se localizar no mundo a qualquer momento. E, se esse conhecimento se revelasse muito escasso ou deficiente, tinha acabado de comprar uma bússola pequena, mas que esperava fosse confiável e que mostrou a Bess antes de partir — um instrumento do tamanho de uma ameixa num estojo de ébano polido que, quando chegasse a hora, ele prometeu, apontaria para ele, com sua oscilante agulha azul, o lar.

Uma semana antes havia cavalgado até a casa da irmã, Julie, e ficado parado no assoalho limpo e escovado, transferindo o peso de um pé grande para o outro, enquanto ela depenava uma galinha na mesa.

"Julie, eu vou embora", ele disse com a voz mais confiante e clara que conseguiu. "Ficaria muito grato se cuidasse da Bess por um tempinho."

Julie ficou calada enquanto Bellman enfiou a mão sob o casaco e pegou do bolso da camisa o recorte de jornal dobrado, alisou-o e leu em voz alta, explicando à irmã o que pretendia fazer.

Julie olhou para ele por um instante, depois virou a galinha de costas e voltou a depená-la, como se a única coisa sensata a fazer fosse fingir que o grande irmão ruivo não tinha falado nada.

Bellman disse que tentaria voltar em um ano.

"Um *ano*?"

A voz de Julie saiu alta e estrangulada, como se alguma coisa tivesse descido pelo caminho errado e ela estivesse sufocando.

Bellman olhou para as próprias botas. "Bom, talvez um pouquinho mais que um ano, mas não mais que dois. E você e a Bess ficam com a casa, o gado, e vou deixar o relógio e o anel de ouro da Elsie para o caso de algum tipo de dificuldade ou necessidade de dinheiro, e o Elmer vai dar uma ajuda com o trabalho pesado, tenho certeza, se você der para ele uma xícara de café e um jantar quente de vez em quando." Bellman parou para respirar. "Ah, Julie, por favor. Me dê uma ajuda. O caminho é longo e a viagem vai ser lenta e difícil."

Julie começou outra galinha.

Uma tempestade de penas cor de bronze e brancas se ergueu num redemoinho em torno deles. Bellman espirrou algumas vezes e Julie não disse "saúde, Cy".

"Por favor, Julie. Estou implorando."

"Não."

Era uma aventura lunática, ela disse.

Ele devia fazer alguma coisa sensata com seu tempo, como ir à igreja ou encontrar uma nova esposa.

Bellman disse obrigado, mas não tinha interesse em nenhuma daquelas duas sugestões.

Na noite antes da partida, Bellman estava sentado à mesa de pinho quadrada da pequena casa que ele mesmo havia construído, para tomar café com seu vizinho e ocasional ajudante Elmer Jackson.

Às dez horas, Julie chegou com a bíblia, o guarda-chuva e a malinha de viagem preta que um dia acompanhou a ela, Bellman e a esposa de Bellman, Elsie, na travessia do oceano Atlântico, vindos da Inglaterra.

Bellman ainda não tinha acabado de arrumar a bagagem, mas já estava vestido e pronto para sair com o casaco de lã marrom e a alça da bolsa de couro atravessada no peito, uma longa faixa afivelada. Sobre a mesa, um chapéu chaminé preto, novo, ao lado de suas mãos cruzadas.

"Obrigado por ter vindo, Julie", ele disse. "Fico muito grato."

Julie fungou.

"Estou vendo que você pretende ir mesmo."

"Pretendo, sim."

"E cadê a coitada da sua garotinha, já quase órfã?"

Bellman disse que Bess estava dormindo na cama ali no canto, atrás da cortina.

Perguntou a Julie se queria café, e Julie respondeu que podia tomar uma xícara.

"Acabei de contar aqui para o Elmer, Julie, a rota que planejo pegar."

Julie disse que não estava interessada em sua rota. Perguntou por que os homens sempre acham interessante discutir caminhos e o melhor jeito de ir de A até B. Então encostou o guarda-chuva na parede, colocou a bíblia sobre a mesa, sentou-se diante do café e tirou da mala preta uma meia, que começou a cerzir.

Bellman se inclinou para um pouco mais perto do vizinho.

"Sabe, Elmer, dei uma olhada nuns mapas. Não tem muitos, só um ou dois. Na biblioteca circulante de Lewistown tem um velho, feito por uma pessoa chamada Nicholas King, e um não tão velho de um sr. David Thompson, da Companhia Britânica do Noroeste, mas os dois são cheios de falhas, espaços vazios e pontos de interrogação. Então, no geral, acho melhor confiar nos diários da expedição do velho presidente, aquela que os dois capitães famosos fizeram… eles são cheios de esboços e trilhas pontilhadas que mostram o melhor jeito de atravessar o emaranhado de rios no oeste e também uma passagem pelas Montanhas de Pedra até o oceano Pacífico, se eu precisar ir tão longe."

Elmer Jackson arrotou baixinho. Ergueu os olhos úmidos e injetados. "Qual expedição? Quais capitães famosos?"

"Ah, Elmer, como assim? O capitão Lewis e o capitão Clark. Com aquele grupo grande de batedores e caçadores. Eles foram até o oceano Pacífico e voltaram a pedido do velho presidente. Você não lembra?"

Elmer Jackson deu de ombros e disse que talvez lembrasse, não tinha certeza.

"Bom, eles foram, Elmer. Mais de onze mil quilômetros, dois anos e meio, ida e volta, e estou achando que o melhor jeito é seguir a rota que eles pegaram, mais ou menos, e aí desviar aqui e ali para explorar o que eles não exploraram, na esperança de encontrar o caminho para o que eu estou procurando."

"Desviar?"

Julie deu um estalo irritado com a língua, e Jackson arrotou baixinho uma segunda vez. Bellman esfregou as mãos grandes. Seu rosto estava rosado de entusiasmo e excitação. Ele pegou um pote de picles da prateleira acima da cabeça de Jackson.

"Imagine, Elmer, que este pote de picles é esta casa, aqui na Pensilvânia." Pôs o pote na frente de Jackson, na extremidade mais à direita da mesa. "E aqui, se posso requisitar sua xícara de café por um momento, Elmer, é a cidade de St. Louis."

Pôs a xícara de Jackson um pouco à esquerda do pote de picles.

"Daqui de onde a gente está agora", tocou o pote de picles, "até St. Louis", tocou a xícara de café, "são mais ou menos mil e trezentos quilômetros."

Elmer Jackson fez que sim com a cabeça.

"E bem aqui", os olhos úmidos e injetados de Jackson acompanharam as mãos de Bellman enquanto colocavam o chapéu novo e alto na extremidade esquerda da mesa, "estão as Montanhas de Pedra, também conhecidas como Rochosas."

"Bem. Eu preciso é viajar primeiro para St. Louis, onde atravesso o rio Mississippi, e de lá", começou a traçar com os dedos um longo arco que começava na xícara de café, fazia uma curva e cruzava o grande espaço vazio do meio da mesa na direção do chapéu, "sigo o rio Missouri como os dois capitães fizeram, até as montanhas."

Elmer Jackson comentou que, em relação aos mil e trezentos quilômetros entre o pote de picles e a xícara de café, a viagem beirando o Missouri parecia longa.

"Ah, é mesmo, Elmer. Muito longa. Calculo uns três mil e duzentos quilômetros. Só que vai ser mais longa ainda, porque, como eu disse, vou fazer uns *desvios*. É, vou, sim. Vou desviar bastante enquanto for indo, para dar uma olhada em algumas áreas grandes e vazias que os dois capitães não olharam."

Jackson, cujos quarenta anos de vida até então tinham sido lentos, sinuosos e às vezes numa jornada circular por uma sucessão de moinhos de grãos, fundições, cervejarias e períodos de ócio, soltou um longo assobio. Disse a Bellman que nunca pensou que ele fosse tão aventureiro. "E depois do chapéu?"

"Depois do chapéu, Elmer, tem um pedaço meio comprido até o oceano Pacífico, mas eu espero não precisar ir tão longe. Se eu não encontrar o que estou procurando perto do rio, espero então que esteja aqui, antes das montanhas", as mãos grandes contornaram o espaço aberto da mesa, "em algum lugar desse vasto e desconhecido território interior."

Elmer Jackson coçou a barriga, serviu-se de outra xícara do café de Bellman e declarou que não conseguia pensar em uma única coisa que o convencesse a levantar *sua* bunda da cadeira e atravessar a porra da terra inteira.

Julie disse que agradecia se Elmer Jackson não falasse palavrões.

Julie perguntou: "Não te ocorreu, Cy, que pode haver selvagens?".

Os selvagens que ele encontrasse, disse Julie, iam com certeza cair em cima dele na hora em que vissem seu cabelo vermelho-vivo e sua grande, estranha e desajeitada figura se aproximando no sertão. Bellman disse que esperava que não.

Bellman disse que tinha ouvido dizer que os índios do lugar para onde ia ficavam muito contentes se você tivesse um suprimento de objetos manufaturados úteis e um punhado de bugigangas para lhes dar, e ele estava levando uma boa quantidade disso.

Jackson ergueu uma sobrancelha espessa e disse que já tinha encontrado ali nos Estados Unidos todos os índios que esperava encontrar por uma vida inteira e que não havia nada que *o* tentasse a desafiar todas aquelas caras pintadas espalhafatosas e corpos seminus, mesmo que brevemente.

Bellman balançou a cabeça. Sorriu de seu jeito cordial, deu um tapinha no cabo da faca e no cano do rifle que estava apontado para cima e encostado à mesa.

"Vou ficar bem, Elmer. Não se preocupe."

Julie pressionou os lábios, sacudiu a meia no colo e disse que não entendia por que uma pessoa viajaria quase cinco mil quilômetros na direção oposta à de sua casa, de sua igreja e de sua filha sem mãe. "Nenhum bom pai, Cy, deixaria a própria filha por uma bobagem dessas."

Elmer Jackson deu uma risada abafada. Parecia achar muito divertido o toma lá dá cá entre irmão e irmã.

Bellman soltou um longo suspiro. "Ah, Julie…"

"Não me venha com 'ah, Julie', Cyrus."

Bellman suspirou. Havia nele um ar desamparado. "Eu tenho que ir. Tenho que ir e ver. Só isso que eu posso dizer. Tenho. Não sei mais o que dizer."

"Podia dizer que não vai."

Bellman estendeu uma das mãos grandes como patas para a irmã do outro lado da mesa. Silenciosamente, quase reverente, e com uma espécie de deslumbramento infantil, ele disse: "Se estiverem lá, Julie, vou ser eu quem volta com a notícia da existência deles. Não seria uma grande coisa?"

Julie riu. "Seria uma grande coisa, Cy, se você deixasse a Bess e eu com mais do que um relógio velho, um anel de ouro e um curral de animais miseráveis — um garanhão velho, um trio de éguas exaustas, um punhado de burros e jumentas, umas mulinhas não vendidas e uma velha mula mal-humorada."

Elmer Jackson bebeu o resto do café e se levantou com um sorriso. Esfregou a mão na barriga e a estendeu, então anunciou que já passava de sua hora de dormir. Ao sair, deu um tapa no ombro de Bellman e disse a Julie que, sempre que precisasse de ajuda com as mulas, era só chamar.

Quando chegou a manhã, Bellman estava ajoelhado na varanda remendada e inclinada arrumando as bolsas e trouxas que ia levar.

Por que, perguntou Bess, ele estava levando a blusa de sua mãe?

A blusa de Elsie listrada de branco e rosa estava nas mãos grandes de Bellman enquanto ele pensava em qual bolsa colocar.

"Pela mesma razão, Bess, que estou levando o dedal e as agulhas de tricô dela."

"E por que isso?"

Bellman hesitou. Olhou para as mãos. "Porque ela não vai mais precisar disso, e eu vou."

Então lhe contou sobre os índios — que tinha ouvido falar do quanto gostavam, tanto homens quanto mulheres, de belas peças de roupa e objetos úteis de metal. Um deles podia se sentir muito atraído pela blusa de sua mãe, outros por suas longas agulhas de tricô de metal e pelo dedal de cobre. Em troca, eles lhe dariam todo tipo de coisa de que ele iria precisar no decorrer da viagem.

"Que tipo de coisa?"

Bellman encolheu os ombros. "Comida. Talvez um cavalo novo, se eu precisar. O jeito de fazer as coisas e qual o melhor caminho para eu seguir."

Bess olhou para ele, séria, e balançou a cabeça.

"Talvez possam dizer onde procurar?"

"Exatamente."

Ele então mostrou a ela um baú de lata cheio de bugigangas que ia levar junto com as coisas de sua mãe. Bess olhou para dentro e viu que estava cheio de botões, contas, guizos, alguns anzóis de pesca, um pouco de tabaco, pedaços de fita, pedaços de fio de cobre, uma pilha de lenços, uns pedaços de tecido colorido e pequenos fragmentos de espelho.

Bess disse que esperava que os índios ficassem satisfeitos com aquilo e Bellman falou que esperava isso também.

Ia escrever para ela, disse, e sempre que pudesse entregaria as cartas a comerciantes ou viajantes que as levassem para o leste, a algum lugar como St. Louis ou St. Charles, para serem enviadas.

"Olhe, tenho até um tinteirinho aqui neste pregador atrás da lapela do casaco. Não vou ter nem de parar para te escrever uma carta, posso escrever de cima da sela enquanto sigo adiante."

A coisa toda tinha acendido uma faísca dentro dele.

Durante metade de um dia, ficou sentado, sem se mexer.

Leu o papel mais de dez vezes.

Quando Bess veio do quintal querendo conversar e brincar, disse a ela para sair, ele estava ocupado.

Quando anoiteceu, acendeu o lampião e leu de novo. Ele buscou uma faca e o recortou, dobrou em quatro e guardou no bolso da camisa, perto do coração. Sentiu a respiração diferente. Não conseguia mais ficar parado. Andava de um lado para o outro e a cada meia hora pegava o papel dobrado do bolso da camisa, esticava em cima da mesa e lia de novo: não havia ilustrações, mas em sua cabeça pareciam ruínas de uma igreja, ou um naufrágio de pedra — os ossos monstruosos, as presas prodigiosas, expostas onde estavam, afundadas na lama salgada do Kentucky: dentes do tamanho de abóboras, escápulas de um metro de largura, maxilares que sugeriam uma cabeça do tamanho de um homem grande. Uma criatura completamente desconhecida. Um *animal incognitum*. As pessoas cutucavam e observavam os restos gigantescos, perguntando-se o que teria acontecido às enormes criaturas às quais os ossos pertenceram. Se talvez os mesmos monstros gigantescos ainda rondavam a terra nos territórios inexplorados do oeste.

Só de pensar nisso tinha uma espécie de vertigem.

Durante meses, não pensou em mais nada. Quando Bess vinha perguntar se queria jogar damas ou passear lá fora para cuidar da mulinha nova com a mancha branca na cara, ele dizia não. Por várias semanas passou a maior parte do dia na cama. Quando se arrastava para levantar, trabalhava mecanicamente no quintal e no pasto com os animais e, quando nasceram as mulinhas, foi à cidade e as vendeu. Quando uma tempestade de inverno arrancou metade do telhado, ele consertou. Ele cozinhava, limpava de vez em quando e se assegurava de que Bess tivesse um par de sapatos nos pés, mas estava quieto todo o tempo e às vezes ficava de olhos vidrados, e ele não deixava Bess se aproximar. As feras gigantes pairavam por sua cabeça como as nuvens em formato de enormes criaturas que observava quando estava no quintal atrás da casa e inclinava a cabeça para olhar para o céu. Quando fechava os olhos, eles se moviam por trás das pálpebras na escuridão, lenta e silenciosamente, como se dentro d'água, caminhavam e flutuavam, imagens brotando sem parar em sua imaginação, então desapareciam nas sombras além dela, onde ele não conseguia alcançá-las, a única coisa que ficava em sua cabeça era a ideia delas vivas, perambulando lá no desconhecido, lá no oeste, além dos Estados Unidos, em algum tipo de sertão de rios, árvores, planícies e montanhas e para serem vistas com seus próprios olhos se conseguisse chegar até lá e encontrá-las.

Não havia palavras para explicar a comichão que sentia de que os animais gigantescos eram de alguma forma importantes, apenas o formigamento quase como uma náusea e a consciência de que, para ele, era impossível agora ficar onde se encontrava.

Antes do fim do verão, estava na casa da irmã.

"Tudo o que posso dizer, Julie, é que parecem muito reais para mim. Só posso dizer que tudo o que eu quero no mundo agora é ir até lá, para o oeste, e encontrar esses bichos."

De Lewistown, Bellman passou por cidadezinhas e assentamentos ao longo de estradas que, apesar de acidentadas e precárias por grandes trechos, o levavam lentamente cada vez mais a oeste. Quando podia, pagava por uma cama e um jantar, às vezes um banho, mas na maioria das vezes pescava, caçava, colhia frutas e dormia sob o cobertor. Ao chegar às íngremes subidas e descidas dos montes Alleghenies, fez o melhor que pôde com a bússola, de olho no sol, e como se perdeu muitas vezes nas encostas intransitadas e em trilhas estreitas que davam nas matas e depois em lugar nenhum, ali estava, atravessando do leste para o lado oeste do Mississippi de barco, uma canoa estreita chamada piroga. Seu cavalo e seus apetrechos fizeram a travessia em duas pirogas amarradas uma na outra com uma prancha de madeira em cima. A coisa toda bateu duas vezes na atracagem e depois parou.

Ele sentiu um pouco de medo.

A razão pela qual decidiu comprar a cartola preta no Carter de Lewistown, em vez de ficar com o velho chapéu de feltro marrom, foi ter achado que faria uma figura mais imponente diante dos nativos — que pensariam que ele era, se não um rei ou um tipo de deus, pelo menos alguém poderoso e capaz de lhes fazer mal.

E com o passar dos meses, ao seguir o rio Missouri em seus meandros para norte e oeste, encontrou vários grupos de índios, negociou com eles e não teve problemas, então passou a acreditar que o chapéu fora uma boa escolha e a considerá-lo uma espécie de talismã contra o perigo.

Passou parte de um dia em St. Louis e comprou dois caldeirões, um para o próprio uso e outro para trocar, mais lenços, tecidos, fivelas e contas, tudo para trocar também, e com cada novo grupo trocava suas bugigangas por coisas de comer. Depois desenhava no chão uma figura com a aparência que imaginava para as grandes feras, tentando lhes mostrar o tamanho enorme dos animais apontando para o topo das árvores disponíveis — pinheiros, abetos, choupos ou o que houvesse ao redor —, mas os nativos sempre faziam uma expressão que lhe dava a entender que não, não tinham visto nada como as coisas que ele procurava.

Bellman balançou a cabeça. Era o que ele esperava: que ainda não tinha ido suficientemente longe; que precisaria mergulhar muito mais fundo nos territórios não organizados.

Viajou lentamente por terra, não tão longe do rio a ponto de se perder, mas distante o suficiente para ter a oportunidade de vasculhar um ocasional bosque, uma floresta, ou olhar para o outro lado do campo aberto e vagar para cima e para baixo seguindo pequenos riachos e córregos.

Às vezes, nas partes mais densas da floresta, deixava o cavalo amarrado e seguia a pé por um dia, escalava pedras, subia e descia ravinas, chapinhava na lama e na água, e voltava exausto à noite.

Em poucas semanas, voltava para o rio na esperança de pegar uma carona em uma das barcaças ou barcos a vela que os comerciantes usavam, fazendo a lenta e árdua jornada rio acima, e uma ou duas vezes teve sorte.

Fiel à sua palavra, Bellman escreveu a Bess enquanto cavalgava, mergulhando a pena na poça de tinta do recipiente de metal preso à lapela do casaco. Também lhe escrevia a bordo de embarcações baixas e achatadas em que às vezes conseguia pegar carona, ou à noite, diante do fogo, antes de se enrolar no grande casaco marrom e no cobertor, puxar o chapéu preto sobre os olhos e dormir.

Ao longo dos primeiros dois mil quilômetros de viagem, escreveu umas trinta cartas à filha e as entregou, em quatro pacotinhos, às mãos de pessoas que encontrava e que seguiam na direção oposta: um soldado; um frade espanhol, um agente imobiliário holandês com a esposa; um piloto de um barco a vela com quem cruzou e que seguia rio abaixo.

As semanas se passavam e ele caçava maçaricos e patos, esquilos e codornas.

Pescava. colhia frutos, e comia bastante bem.

Estava cheio de esperança, animado, e havia momentos em que, ao prosseguir, não conseguia deixar de gritar por sobre a água ou para as árvores: "Bom, isto aqui está ótimo!". Então veio o inverno e foi mais duro do que ele pensara possível.

Longos trechos do rio congelaram e Bellman se deteve, na esperança de ver um dos barcos baixos, chatos, seguindo rio acima e quebrando o gelo com varas, mas não veio nenhum.

Encontrou um grupo pequeno de índios, quatro homens, uma mulher e uma menina, que trocaram um pouco de peixe seco e um saco de milho misturado com açúcar por uma de suas limas pequenas de metal, mas foi só isso. Os bandos grandes de nativos que havia encontrado antes pareciam ter desaparecido.

Os dias eram muito escuros. Ele se sentia frio e úmido até os ossos; a chuva gelada escorria para dentro da roupa encharcada. O grande casaco molhado era pesado como um corpo e ele às vezes pensava se não ficaria melhor sem ele. A cada poucas horas o torcia e escorria água para o chão como se fosse da bomba em casa, aos jorros.

A neve, então, lançou-se sobre tudo em camadas profundas, e uma crosta congelada, contínua, se formou em cima dela. Bellman seguia em frente como um bêbado, afundando, caindo às vezes, o cavalo em nada melhor, ambos tremendo e fracos.

Tinha um pouco de charque de porco, algo do peixe seco dos índios e recorria ao saco de milho, uma pitada de cada vez. De vez em quando, pegava um coelho magro com armadilha, mas no geral até os animais pareciam ter desaparecido. Logo o seu jantar era apenas uma pasta de folhas ou um cozido de grama amarga escavada da neve. Mascava brotos de plantas congelados, casca de árvore, pequenos gravetos e o cavalo fazia a mesma coisa. Sentia a barriga contrair com dores lancinantes, a gengiva mole, sangrando. Dormia em cavernas e ocos de árvores, debaixo de pilhas de galhos. Todo dia achava que o cavalo ia morrer.

Uma vez, teve a certeza de ver um bando de figuras ao longe, em número de cinquenta ou sessenta, a cavalo, marchando pela neve que caía. Pareciam viajar depressa, num trote rápido, solto, como se soubessem de algum caminho secreto que atravessava a paisagem e que ele não conhecia.

"Esperem!", gritou, mas a voz saiu como um som rouco, trêmulo e fino que secou no vento frio, e os cavaleiros seguiram em frente na meia-luz da brancura até serem encobertos por ela e desaparecerem.

Durante uma semana ficou debaixo de seu abrigo e não se mexeu. Tudo estava congelado e, quando não conseguia acender uma fogueira, queimava o resto do peixe porque era melhor passar fome do que frio.

Então, uma noite, ouviu o gelo explodir e rachar no rio, e pela manhã joias brilhantes de neve derretida pingaram dos ramos emplumados dos pinheiros sobre seu rosto ressecado, queimado, sobre o nariz enegrecido.

Nesse dia, mais tarde, pegou um peixinho.

Começaram a aparecer frutinhas nas árvores e arbustos.

O inverno terminou, a primavera chegou, e ele continuou para o oeste.

Através do tecido grosso da cortina na frente de sua cama, Bess não tinha conseguido ver o pai descrever a Elmer Jackson e tia Julie a rota que planejava seguir pelo sertão.

Ela, porém, tinha ficado deitada com os olhos abertos, ouvindo-o falar do outro lado do tecido rústico e pouco iluminado, tentando visualizar as centenas e centenas e centenas de quilômetros e todas as dificuldades, perigos, descobertas emocionantes, excitantes e coisas novas que ele encontraria entre o lugar onde ela estava agora e aonde ele ia.

Depois de um mês, perguntou a tia Julie se podiam ir à biblioteca, para que pudesse consultar os grandes diários da expedição do presidente e ver o caminho que o pai tomara para o oeste, mas tia Julie apenas olhou para ela com uma espécie de irritada perplexidade.

"E quando, menina", a irmã de Bellman quis saber, "você acha que tenho tempo de sentar numa biblioteca?"

Bellman acampou nas margens do rio Missouri. As árvores estavam cheias de folhas, e havia capim alto e flores por toda parte, roxas, amarelas e brancas. Ao acordar em uma manhã, viu parado perto dele um homem alto, de feições duras, com chapéu de pele de castor, que perguntou: "O que te traz tão longe de casa? Negócios ou prazer?".

Do bolso do casaco de lã marrom, Bellman tirou o recorte de jornal dobrado e, a essa altura, muito surrado, e contou ao homem de chapéu de pele de castor sobre os ossos colossais que tinham sido desenterrados no Kentucky. Ossos, explicou ele, lavados, brancos e imensos, como um navio naufragado ou as vigas ressequidas do teto de uma igreja. Ossos que pertenciam a criaturas gigantescas que muito provavelmente ainda existiam além dos Estados Unidos e até hoje vagavam pelas pradarias, florestas ou sopés das grandes montanhas do oeste.

O homem, cujo nome era Devereux, ergueu as sobrancelhas escuras e pontudas, divertindo-se.

"É mesmo?" perguntou, sorrindo.

"Sim, senhor", disse Bellman. "Acho que pode ser." Devereux não conseguiu prender o riso. Ele balançava a cabeça, dando risadinhas, porque negociava peles naquela região havia vinte e nove anos e, em todo esse tempo, disse, nunca tinha visto nada maior que um búfalo.

Bellman assentiu cordialmente e comentou que mesmo a maior das criaturas tende a ser tímida, e quase todas as coisas selvagens consideram mais sensato permanecer escondidas nas árvores e arbustos do que ficar desfilando em campo aberto.

Devereux gargalhou disso também: em sua cabeça surgiu a imagem dos grandes monstros tentando se esconder atrás de uma pedra ou de um pinheiro estreito.

Ele deu uma batidinha no joelho de Bellman com a ponta do cachimbo. "Acredite, o senhor não vai dar em nada. Missão sem sentido. Eu recomendo que a esta altura o senhor dê meia-volta e vá para casa."

Estavam sentados em dois troncos do lado de fora do barracão do comerciante de peles. De um estoque de suprimentos organizados em duas rústicas prateleiras lá dentro, Bellman tinha comprado tabaco, botas novas, uma caixa de pólvora, munição e um saco de farinha.

Bellman sabia que o comerciante de peles o achava um idiota de miolo mole. Ele não se importou. Desde que saíra da Pensilvânia, tinha encontrado muita gente que achava a mesma coisa.

O comerciante de peles estava rindo de novo e falou da expedição do presidente que havia passado por aquele mesmo ponto não fazia mais do que dez anos. Estava rindo e dizendo que, se os monstros estivessem por lá, seria de imaginar que os dois intrépidos capitães e seus homens os tivessem visto. "Aquela distância toda... seria de imaginar que iam ver ao menos de relance. Bichos assim tão grandes e tudo, difícil não ver."

Bellman balançou a cabeça. Ele sorriu calorosamente, ergueu o colarinho da camisa em torno da grande barba ruiva e esfregou as grandes mãos uma na outra no ar frio da manhã. Não podia dizer o que os homens do presidente tinham visto ou não. Nem podia explicar por que tinha tanta certeza de que os monstros estavam lá. Só podia dizer que o que leu no jornal deixou seu coração acelerado e produziu um arrepio no limiar de seu ser, e que agora não havia nada que quisesse mais do que ver as enormes criaturas com os próprios olhos.

Devereux inclinou a cabeça para o lado. Olhou o rosto de Bellman no amanhecer e pareceu se arrepender por tê-lo ironizado. Deu-lhe um soco de leve no peito para demonstrar que só estava brincando.

"O senhor siga em frente!", disse ele, bem alto, com um largo sorriso e um gesto amplo e encorajador na direção do horizonte ocidental. "Que sei eu? Quem sou eu para dizer o que pode ter ou não ter lá longe?"

Deu outro soco de leve em Bellman e sugeriu que uma piroga seria uma boa ideia, e seu próprio índio, para levá-lo pelas cataratas acima e ajudá-lo pelo rio, que era um trecho de água terrível ao menos nos próximos quinhentos quilômetros. Quando não era lento, raso, pontilhado por troncos e bancos de areia, era impetuoso e agitado, e o derrubaria da piroga assim que percorresse um único metro na direção que se quisesse ir. Por um preço, disse o comerciante de peles, ele podia lhe arrumar um índio e um segundo cavalo.

Na verdade, tinha a pessoa certa. Um feio rapaz shawnee de ombros estreitos que tinha o nome pouco promissor de Velha de Longe.

Veio o inverno, depois a primavera.

Durante um longo tempo, não havia nada além de neve, e então as árvores nuas foram ficando verdes e as aves começaram a voltar. Elmer Jackson remendou a cerca do lado sul do quintal e consertou o galinheiro. Substituiu quatro tábuas podres da varanda e limpou uma nova área de pasto além da casa, derrubou árvores e removeu pedras do solo. Tia Julie lavou as quatro janelinhas quadradas com vinagre, escovou e poliu a mesa de pinho e mudou-a para outro lugar, do lado oposto da sala.

Bess esperou pelas cartas do pai, mas não chegou nenhuma.

Ela ajudava a tia com as mulas e aos domingos caminhava por uma hora e meia até a igreja com o amigo Sidney Lott, os dois conversando atrás dos pais e das irmãs de Sidney e de sua tia Julie. Bess falava sempre da ausência do pai, de sua longa jornada para o desconhecido.

Havia um prazer e um conforto em contar a Sidney as mesmas coisas repetidas vezes, e Sidney parecia não se importar. Ele parecia contente de fazer as mesmas perguntas de novo e de novo, e ouvir Bess dar as mesmas respostas.

Quantas armas ele levou?

Duas.

Quantas facas?

Acho que uma.

Ele tinha outras armas?

Tinha, pelo que eu sei, uma machadinha.

Tinha algum tipo de mapa?

Não. Mas ele procurou em alguns na biblioteca circulante de Lewistown antes de ir.

Ela contou a Sidney sobre as imensas distâncias que o pai teria agora percorrido ao longo de rios e sem dúvida através de pradarias e provavelmente sobre montanhas. Contou também sobre todos os aviamentos, as quinquilharias decorativas e os sortidos objetos que tinha levado, que seriam atraentes para os índios que encontrasse em suas viagens. Com as bugigangas, disse Bess, enfaticamente, o pai conseguiria obter o que precisasse ao se deslocar pelo território.

"Ele levou a blusa da minha mãe", ela disse, "porque é um artigo bonito e vai poder trocar por uma porção de coisas. E o dedal dela também, que é feito de cobre e tem um desenho de flores em volta, e é muito bonito, e as agulhas de tricô dela, que são compridas e pontudas, feitas de aço, e por isso podem ser consideradas uma coisa muito valiosa que vale a pena ter."

As duas crianças tiveram essa conversa muitas vezes, praticamente todos os domingos ao longo de vários meses.

Bess falava e Sidney fazia que sim com a cabeça e contribuía com uma de suas perguntas ocasionais, até que um domingo de manhã Sidney expressou a opinião de que o pai de Bess era um idiota de miolo mole que nunca encontraria o que estava procurando.

Sidney disse que não conhecia uma única pessoa no condado de Mifflin que achasse que John Bellman seria bem-sucedido em sua missão, e que eles nunca mais o veriam de novo.

Pelo que tinha ouvido dizer, disse Sidney, seria muita sorte do pai de Bess chegar até St. Louis sem ter sido escalpelado e assassinado por índios furiosos, que teriam um prazer especial em botar as mãos em seu cabelo de cor tão fora do comum e levá-lo, ainda gotejando sangue, para suas tendas vacilantes.

Bess sentiu os olhos arderem e gritou para Sidney Lott: "Você não sabe de nada. Não faz a menor ideia. Espere. Você vai ver".

Depois disso, Bess não falou mais com Sidney e seguia sozinha para a igreja nas manhãs de domingo, bem atrás dos Lott e de tia Julie.

Rumores sobre Cy Bellman tinham começado a circular logo depois que ele começou a visitar a biblioteca e dar pistas de seus planos ao novo bibliotecário. Quando se soube que ele realmente havia partido, todos comentaram sua busca incomum e concordaram que era uma loucura, a maioria compartilhava da opinião do pastor de que muito provavelmente os ossos no Kentucky acabariam se revelando não ossos, mas antigos troncos de árvores e pedaços de rocha, outros eram da opinião de que, mesmo que os monstros estivessem lá, com certeza não valia a pena arriscar a vida para descobrir.

Julie sabia que isso ia acontecer? Helen Lott queria saber. Tinha sido uma surpresa? Ela achara que ele faria uma coisas dessas?

Cy, Julie disse, vinha agindo estranhamente meses antes de partir — silencioso, taciturno e perdido em pensamentos, ou agitado, falando sem parar, praticamente *vertiginoso*. Mas, mesmo assim, ela não esperava aquilo. Tinha sabido de sua pesquisa na biblioteca, ouvira fragmentos de rumores e comentários, mas o próprio Cy não tinha puxado o assunto com ela, e ela ficou quieta, achando que com o tempo a coisa toda iria desaparecer e dar em nada. Ela ficou pasma naquele dia em que ele finalmente lhe contou francamente o que pretendia.

Helen Lott balançou a cabeça. Já tinha visto comportamento semelhante em outros homens da idade de Cy, disse ela.

"É uma insatisfação infantil com tudo o que eles têm, Julie, que aparece quando vão chegando aos quarenta anos. Faz eles pensarem que merecem mais do que a vida deu para eles. Na minha experiência, a maioria arruma outras mulheres ou compra um cavalo novo ou um chapéu chique."

Cy, disse Julie, nunca tinha demonstrado interesse por nenhuma outra mulher depois de Elsie.

"Mas ele comprou, sim, um chapéu novo no Carter de Lewistown antes de ir. Uma coisa alta, de cidade, ridícula, feita de verniz preto."

Helen Lott balançou a cabeça com ar de sabedoria e satisfação, como alguém que sabia tudo sobre tudo.

Juntas, as duas mulheres seguiram para a igreja.

Velha de Longe tinha dezessete anos.

Não gostava muito de seu nome, mas lhe tinha sido dado e, por ora, era dele, e ia aguentar com ele até conseguir outro.

No fim, não houve nenhum tipo de batalha. No fim, tinham cedido, sucumbido, e concordado em receber o que ofereceram e se mudar para o oeste.

Como uma nuvem escura e rebaixada, eles se mudaram para o oeste através da paisagem, para longe do que tinha sido deles, acabaram por desempacotar tudo o que lhes haviam dado para irem embora e descobriram que receberam metade do prometido.

Estava tudo escrito no acordo com as quantidades listadas ao lado dos itens, mas mesmo antes de se encontrarem com o comerciante inglês, sr. Hollinghurst, e lhe contarem o que tinham assinado, o povo do rapaz sabia que o que fora prometido pelo representante do governo e o que estava escrito no papel não eram o que lhes tinham dado.

De tudo o que fora prometido, dava para ver pelo volume dos pacotes que havia menos da metade.

Metade do dinheiro, metade do tecido vermelho, metade dos lenços, metade do número de armas, metade da pólvora, metade das camisas brancas de babados, metade dos casacos azuis, metade do rum, metade do tabaco, metade das contas brancas, metade das contas vermelhas, metade das contas azuis, metade dos caldeirões, metade dos espelhos, e assim por diante.

Velha de Longe se lembrava de estar acordado, ouvindo os homens discutirem o que deviam fazer. Alguns diziam que deviam voltar e reclamar o resto das coisas que lhes tinham prometido. Então um homem muito velho falou que não deviam aceitar nada do que tinham recebido, nem uma camisa, nem um lenço, nem uma conta.

Ele disse que, se tinham entregado suas terras em troca de ninharias, iam se dissipar.

Profetizou que viria um tempo em que descobririam que toda a terra tinha sido puxada de debaixo de seus pés, que iam acordar uma manhã, ao alvorecer, e descobrir que todas as florestas, todas as montanhas, todos os rios e a vastidão das pradarias haviam escapado de suas mãos como água e tudo o que teriam para mostrar das trocas que tinham feito seriam algumas joias sem valor, roupas velhas e umas armas ruins. Tudo o que tinham trocado — seus cachorros, peles, peixes socados, bolinhos de raízes, bom comportamento, conhecimento do campo e a maneira como sempre fizeram as coisas —, eles iam entender que haviam entregado tudo por nada.

Seriam levados para onde o sol se põe e no fim seriam extintos.

Depois disso houve um silêncio e em seguida mais conversas, durante toda a noite. Velha de Longe os ouvira falar do momento em que tinham sido atacados por colonos no inverno anterior, de como haviam ido atrás deles e os perseguira, mas sem sucesso porque os colonos eram mais numerosos e tinham armas melhores. Quando começou a amanhecer, ouviu seu pai dizer que haveria sempre mais e mais colonos, que, para cada um que eles viam, haveria mais uma centena vindo atrás. Velha de Longe acabara dormindo e quando acordou estava decidido: ficariam com o que lhes dera o representante do governo mesmo tendo sido enganados.

Não iam voltar e lutar de novo.

Estavam cansados e estavam com fome. Eles se deslocariam para oeste, como lhes tinham ordenado e como haviam concordado em fazer, e veriam como se sairiam na nova faixa de terra que aceitaram em troca da antiga.

E foi o que fizeram. Prepararam as tendas, os cachorros, os bebês e as avós, e, apesar do grande documento enganador, seguiram para oeste como tinham prometido, atravessaram o rio e continuaram seguindo.

Velha de Longe não sabia o que pensar.

Parte dele pensava na irmã e em tudo o mais que haviam deixado no leste — seus rios e florestas, as belas plantações de milho e feijão — e na profecia do velho, de que, se levassem as coisas que tinham recebido em troca, seria o começo de seu fim.

Mas outra parte dele cobiçava as coisas que lhes tinham dado, e essa parte dele achava que o melhor era não lamentar o que tinham perdido. Essa outra parte dele achava que a negociação que seu povo havia feito ao chegar ao oeste, com o francês chamado Devereux e seu sócio, sr. Hollinghurst, era, no geral uma coisa mais para boa que para ruim. Ele tinha hesitado quando Devereux lhe disse um dia, com um pedaço de fio de cobre e um cordão de contas enrolado na palma branca da mão, como uma cobrinha vermelha, "Olhe aqui, por essa linda pelezinha que você tem aí".

Como se poderia saber a melhor coisa a fazer? Como se poderia saber qual futuro se estaria atraindo com o que se fazia agora?

Ele não tinha certeza. Por um momento ficou olhando para a mão estendida do comerciante e parou. Então entregou a pele a Devereux, aceitou o fio e as contas e, quando Devereux e o inglês, sr. Hollinghurst, seguiram em frente para cuidar de seus negócios ao longo do rio, ele decidiu ir junto, para longe da resignação do pai e da tristeza da mãe. Servira como mensageiro e serviçal de Devereux desde então, mantendo-se próximo ao comerciante, porque, mesmo sem ter certeza, parecia ser o melhor a fazer.

Ora, quando o francês o levou para conhecer o grande homem branco de cabeça vermelha, ele parou, olhou e ouviu enquanto os dois conversavam em uma língua que ele não entendia, mas que achava que pelo som era a mesma ou quase a mesma que a do sr. Hollinghurst.

"E então?", o comerciante de peles disse, virando-se para ele e falando em sua própria língua para que ele pudesse acompanhá-lo, dizendo-lhe que sairia ganhando.

O rapazinho shawnee de pernas arqueadas ficou diante do estranho fora do comum por mais algum tempo e pensou a respeito de tudo. Sobre o que lucraria. Sobre as advertências e profecias do velho, sobre sua irmã e tudo o mais que perderam.

Ele parou, olhou para o cabelo vermelho do homem, revirou tudo na cabeça e por fim disse sim.

Se o grande homem de cabelo vermelho lhe pagasse, iria com ele.

Tia Julie disse que era desleal, desconsiderado e pouco cristão da parte de Bess virar as costas para Sidney Lott e se recusar a caminhar com ele até a igreja.

Era também bastante embaraçoso, disse tia Julie, porque ela mesma ainda ia ao lado dos Lott, que eram pessoas importantes. A cada cem metros mais ou menos, agora, em um domingo, Helen Lott comentava que Bess, naquele momento, parecia se achar boa demais para Sidney. Sidney, que, disse tia Julie, era um menino muito bom e logo seria um belo jovem.

Como Bess ficou quieta, tia Julie advertiu que chegaria o momento em que Bess iria se arrepender de seu comportamento rude, mas então seria tarde demais. Seria tarde demais para se arrepender, quando era Sidney Lott quem podia decidir que tinha coisa melhor a fazer do que seguir ao lado *dela* na longa caminhada até a igreja aos domingos, ou em qualquer caminhada qualquer dia da semana. Seria tarde demais quando fosse ele a olhar por cima dela como se ela não estivesse ali, e como ela se sentiria quando isso acontecesse?

Bess disse que não ia se importar, detestava Sidney Lott. Preferia andar sozinha.

Não havia livros na casa, a não ser pela bíblia de tia Julie; a cartilha emprestada que o pai tinha usado para ensiná-la a ler tinha sido devolvida ao professor de Lewistown muito tempo antes. Os dias de Bess eram longos e vazios. Grande parte deles parecia ocupada em ouvir sua tia Julie falar sobre todas as coisas que tinha que fazer e as várias coisas do mundo de que não gostava, como carne de veado, nabos, cavalos, burros, mulas e católicos romanos. Ela fazia suas tarefas e, ao terminar, jogava damas consigo mesma ou saía para passear com sua mula favorita, e desejava que, igual a Sidney Lott, pudesse ir à escola.

Nos fins de tarde, sentava na varanda e olhava o caminho de pedras em direção ao oeste, e, um dia, na biblioteca de Lewistown, quando tia Julie tinha ido levar um bolo de grãos para uma mulher que quebrara o quadril, Bess pediu a um homem gordo de colete amarelo e óculos na ponta do nariz se podia dar uma olhada nos volumes da expedição do presidente para o oeste e ele disse que sim, se fosse assinante. Se fosse assinante podia olhar todos os livros que quisesse. Tudo o que tinha de fazer era pagar a inscrição, que era de nove xelins anuais.

Atrás dele, Bess podia ver fileiras e mais fileiras de livros em seus armários de vidro e mesas em que se podia sentar e ler. Havia gente ali naquele momento.

Nove xelins.

Na noite antes da partida do pai, ela tinha ficado deitada em sua cama estreita atrás da cortina e o ouvira contar para tia Julie à mesa que se precisassem de dinheiro havia o relógio e o anel de ouro de sua mãe. Ela olhou as fileiras de livros atrás do homem de óculos, as lombadas escuras e se perguntou quais seriam os livros certos. Queria tanto ver os mapas, os rios, os lugares onde os animais gigantes podiam estar e onde seu pai podia estar agora também, e depois olhar a rota que ele podia tomar na volta e poder guardar na cabeça uma imagem dele voltando para casa. Tentou pensar num jeito de tia Julie não notar que o relógio ou o anel de ouro tinham sumido, mas não conseguiu. O relógio na parede era a primeira coisa que se via ao entrar na casa, e ela nem sabia onde o anel ficava guardado. Seu pai o usava em um cordão debaixo da camisa.

O homem de óculos olhava para ela de sua mesa alta. Ela tinha idade suficiente para saber que o melhor a fazer quando se quer muito uma coisa era fingir que não quer. Virou-se e começou a se afastar, fazendo o possível para parecer digna e desinteressada. Mesmo assim, tinha quase certeza de que ele estava rindo por suas costas quando perguntou atrás dela se achava que tinha o dinheiro para a assinatura.

Não, disse Bess, não tinha.

O aniversário da partida de seu pai chegou e passou, e Bess fez onze anos. O inverno chegou de novo, e ela o imaginou voltando com uma pele tão grande que dava para atapetar a casa inteira, quente sob os pés; pessoas como sua tia Julie, Sidney Lott e o bibliotecário gordo de óculos, todos querendo uma daquelas também.

Por um longo tempo a neve flutuou em torno da casa, e caiu em flocos úmidos nos animais no pasto. O frio criou uma crosta de gelo pelo lado de dentro das janelas e Bess abria buracos com o hálito quente para poder olhar para fora. Todo dia esperava uma carta, mas não veio nenhuma.

Como não tinha mais Sidney como amigo, falava com pouca gente além da tia e do vizinho, Elmer Jackson, que vinha às vezes dar uma ajuda com as mulas e depois comer o jantar que tia Julia preparava para ele à noite, como recompensa por seu trabalho.

O resultado era que Bess ficava sempre sozinha, e em sua solidão adquiriu o hábito de falar consigo mesma em voz alta.

"Dentro de oito meses, vamos ter quatro mulas novas e vai ser verão. Os dias vão ser longos e claros, a batata vai florir e eu vou fazer doze anos."

As cartas, ah.

Trinta cartas, dobradas e amarradas com cordão em quatro pacotinhos, confiadas a intervalos diversos, a

um agente imobiliário holandês e sua esposa

um soldado

um frade espanhol

o piloto de uma das barcaças em que Bellman pegara carona rio acima.

Todos prometeram que, assim que estivessem em St. Louis ou em St. Charles, enviariam as cartas.

Talvez, no dia em que o agente imobiliário holandês e a mulher atravessaram o Mississippi, um dos remadores estivesse bêbado. Ou talvez o barco largo, de fundo em quilha, tivesse batido contra um bloco de gelo flutuante, ou talvez a família aglomerada no fundo com os filhos, a carroça, os dois cavalos e a vaca se puseram todos do mesmo lado e, de repente, desequilibraram o barco. De qualquer forma, a balsa (que era nova em folha construída pelos srs. McKnight e Brady, comerciantes de St. Louis, que haviam comprado a antiga operação de pirogas e a haviam substituído por uma nova não muito depois de Cy Bellman atravessar mais cedo no inverno) adernou e virou, e tudo foi para a água, inclusive a esposa do holandês e a bolsa com a pilhazinha de cartas dobradas e amarradas. Depois disso, a água gelada lavou a tinta com que ele havia escrito o nome de Bess e um breve parágrafo com erros de ortografia que descrevia a localização de sua casa na Pensilvânia, e então os papéis dobrados absorveram a água fria como esponjas até ficarem pesados, chegarem ao leito do rio e afundarem na lama macia do Mississippi.

As outras perdas eram menos dramáticas, embora não menos acidentais. Um dos pacotes foi farejado por um cachorro no bolso da calça do soldado adormecido; talvez o papel estivesse aromatizado com o cheiro acre de um dos jantares de Bellman, defumados na fogueira. De qualquer forma, foi comido, o barbante atado pingando a baba brilhante do cachorro, era tudo o que restava quando o soldado acordou. O terceiro foi deixado pelo frade espanhol no Correio de St. Louis e entregue no balcão a uma mulher que foi buscar correspondência. Seu nome era Beth Ullman; ela pôs as cartas na bolsa, seguiu seu caminho e não voltou para corrigir o erro. O quarto, embora entregue em segurança no Correio pelo piloto do barco a vela, caiu na estrada depois de sair de St. Louis, soltou-se da bolsa mal afivelada do carteiro a caminho de Cincinnati e se perdeu.

Todas as cartas de Bellman para a filha se espalharam como folhas pelo chão e pelas águas antes que ela tivesse a chance de lê-las.

Bellman havia encontrado muitos nativos de nomes exóticos no decorrer de sua longa jornada, mas nenhum rotulado com tanta peculiaridade como esse. Ele estimava que Velha de Longe tivesse por volta de dezesseis anos, embora fosse difícil dizer. Com o rosto liso, sem barba, mesmo os homens mais velhos pareciam jovens, e todos, de qualquer idade, eram mais ou menos parecidos para Bellman.

Devereux tinha razão em dizer que o rapaz não era tão bem constituído como os outros — mal chegava a um metro e meio, as pernas eram arqueadas e finas, os olhos muito pequenos, como fendas, mas tinha um ar vivo, firme e, segundo o comerciante de peles, estaria disposto a trocar seu conhecimento das pradarias, sua habilidade com uma piroga e seu faro para raízes por um lenço, um pouco de tabaco ou umas quinquilharias sem valor que brilhassem quando o sol batesse nelas através dos salgueiros.

Conhecia o rapaz desde criança, disse Devereux. Durante sete anos o rapaz realizara tarefas e levara mensagens para ele, sempre rápido, sempre disposto e confiável. Faria bem a ele agora uma missão de batedor por conta própria. Deu uma piscada para Bellman. "Tirar o menino de debaixo da minha saia." Deu um preço em dólares e xelins. "Ele é de confiança?"

O comerciante de peles deu um largo sorriso e um tapa nas costas de Bellman. Todo mundo que passava por aqueles lados mais cedo ou mais tarde ia lhe perguntar sobre os índios dali, querendo saber de seu caráter, se eram os mesmos que ainda permaneciam no leste ou outros. "Digo sempre a mesma coisa para eles", Devereux esfregou as mãos sobre o fogo e convidou Bellman a encher o cachimbo com mais tabaco, "que são generosos e leais, traiçoeiros e astutos, tão fracos quanto fortes, tão abertos quanto fechados. Que são espertos e irremediavelmente ingênuos, que são vingativos, mesquinhos e tão doces e curiosos como criancinhas. Que são matadores cruéis. Que são cozinheiros e dançarinos incríveis. Que, se tiverem meia chance, eles mantêm um escravo, o torturam e quando terminam com ele são mais rápidos que ninguém para vendê-lo pelo lance mais alto." Em sua experiência, disse Devereux, a melhor coisa a fazer era mostrar a eles que se possuía coisas que eles podiam querer, e nunca assustá-los no caso de eles o tomarem por algum outro tipo de selvagem com quem não se davam. Mais para oeste, claro, se Bellman avançasse o suficiente, ia acabar encontrando os sioux, que eram ferozes, independentemente de quem você fosse. Bellman inclinou a cabeça. O sorriso entre o bigode e barba vermelhos era polido, mas incerto. Ele esperava uma resposta mais tranquilizadora.

"Mas que tal este aqui? Posso confiar nele?"

O comerciante de peles se pôs de pé e espreguiçou. "Ah, eu diria que sim, senhor, sim, contanto que pague pelos serviços dele. Durante sete anos, ele sempre fez o que eu mandei."

Com a ajuda do comerciante de peles, Bellman explicou ao rapaz o que estava procurando.

Como não queria gastar tinta, desenhou imagens com um graveto na terra; como ele achava, em teoria, que deviam ser as criaturas; como a pele dura, a pelagem, as capas de lã emaranhada deviam abrigar aqueles ossos enormes. Ele apontou o topo do choupo mais alto que avistou, para indicar o tamanho que achava que tinham. O rapaz olhou os desenhos. A expressão de seu rosto sem barba não mudou e ele ficou ali parado um longo tempo antes de dizer alguma coisa na própria língua.

Bellman esperou. "Então?"

Devereux bateu palmas. "Ele diz que nunca viu nada assim na vida. Mas vai com você, se você pagar."

Bellman procurou no fundo da maior de suas duas bolsas, por baixo do algodão dobrado da blusa de Elsie, e tirou um pedaço de fita verde e um anzol de pesca; do baú de lata, tirou um pedaço de espelho e um cordão duplo de contas vermelhas, uma pitada de tabaco, um lenço branco e apresentou tudo ao rapaz, que pegou as coisas, imediatamente amarrou a fita verde e o espelho em uma de suas tranças escuras, pendurou as contas no pescoço e enfiou o lenço na cintura do pequeno saiote de couro que cobria suas partes íntimas como uma bolsa de escocês. Então olhou para Bellman e estendeu a mão pedindo mais. Devereux rolou os olhos e riu, como se dissesse, *o que quer que você ofereça, eles sempre vão pedir mais.*

"Ele quer outra fita da grande arca do tesouro do senhor, para a outra trança", disse o comerciante de peles, e apontou, "e outro cordão de contas, azuis, de que ele gosta mais que do vermelho." Bellman hesitou. Parecia-lhe agora que o rapaz estava sendo um pouco ganancioso e queria tirar vantagem dele; nesse ano que se passara desde que saíra de casa, começara a ficar ansioso com a diminuição de suprimentos, pois a cada troca que realizava com os nativos ao longo do caminho reduzia o conteúdo do baú. Só lhe restavam alguns badulaques. No entanto, estava ansioso para seguir caminho, e achou que seus negócios provavelmente iriam melhor se o índio fosse com ele do que se não fosse.

Pegou uma fita branca e o cordão de contas azuis mais curto que conseguiu encontrar e os deu ao rapaz, que os colocou na mesma hora e pareceu então, pensou Bellman, feliz como uma moça.

Antes de partirem, Bellman perguntou a Devereux se ele poderia, por favor, enviar umas cartas para sua filha, que tinha dez anos, não, onze, e morava em casa com sua irmã, que podia ser difícil, mas no fundo era uma boa pessoa. Ao longo do último ano, disse, tinha deixado várias cartas com diversos viajantes e outras pessoas que encontrara. Sabia que a filha estaria esperando por mais. Devereux poderia com certeza enviar aquelas?

Devereux disse que sim.

Naquele primeiro dia, partiram ao amanhecer. Bellman e os dois cavalos, o preto e o marrom do rapaz, seguindo pela margem, o rapaz e o equipamento na piroga. Depois trocaram, e a troca confirmou o que Bellman tinha suspeitado durante toda a primeira parte do dia, que o rapaz era muito mais hábil do que ele com o barco comprido, manejava o remo e passava com facilidade pelos bancos de areia e troncos flutuantes que lotavam a correnteza lenta e decepcionante. Quando Bellman embarcou para tomar o lugar do menino e começou a atacar a água rasa com o remo, o barco ficou no mesmo lugar, girando num círculo sem fim.

Debatendo-se no rio, Bellman podia ver o rapaz na margem se dobrar de rir, e, como a piroga continuava a girar, Bellman também começou a rir até não ter mais força para se mover na direção certa. Ele ergueu o remo e fez sinal para o rapaz.

"Pronto. Agora você pode ir de novo."

Quando começou a escurecer, Bellman se congratulou pelas novas aquisições: o rapaz, o cavalo marrom e o barco.

Agora de volta à terra, conduzindo os cavalos, ele alongou o passo.

Deslumbrou-se com a beleza do entorno: a faixa cinza-claro do rio, as árvores escuras, ao longe o tecido claro da pradaria ondulante e macia, a seda azul-arroxeada do céu.

Ele estava mais leve, mais esperançoso do que se sentia havia meses de estar chegando mais perto do que procurava.

A primavera chegou outra vez e Elmer Jackson conseguia um jantar ou pelo menos uma xícara de café três ou quatro dias por semana na casa de Bellman.

Sentia-se muito à vontade naqueles dias.

Tinha conseguido deixar de usar palavrões, e mais de uma vez, ao fim do dia de trabalho com as mulas ou depois de fazer diversos serviços avulsos pelo lugar, a irmã de Bellman lhe servia um prato de frios com uma fatia de bolo de gengibre ou um pedaço de torta de maçã.

Desde que o vizinho alto de pés grandes fora perambular no pôr do sol, Jackson tinha ido ajudar muitas vezes, para lá e para cá em seu cavalo cinzento de rabo branco. "Obrigada, Elmer", a tia falava quando ele vinha, e repetia quando ele terminava o trabalho e ela servia café ao fim do dia e às vezes jantar, às vezes também bolo, ou torta.

Foi um grande momento para Elmer Jackson o dia em que chegara ao condado de Mifflin com bastante dinheiro no bolso, economizado e acumulado ao longo dos anos de trabalho em moinhos de grãos, fundições, cervejarias e os horríveis dezenove meses que passara no Exército do general Wayne em Ohio, para comprar seu pedacinho de terra. Foi um grande momento quando, depois de todos aqueles dias de dureza e noites miseráveis numa incessante sequência de barracas com goteiras, bunkers apertados e malcheirosos e acampamentos, tomou posse de sua parte de solo, para ter e conservar se assim o quisesse, perpetuamente.

Mas ele sempre gostara mais da casa de Bellman, sempre a preferira à sua. A grande jumenta reprodutora chegara um ano depois dele, e desde então ele apreciara o calor, a limpeza e os pequenos toques de beleza na casa do outro homem: a fileira de potes de picles na prateleira, as janelas cintilantes; mais tarde, a colcha alegre com seus arco-íris de cores sobre a cama da menininha.

Sua casa era uma série de troncos rusticamente encaixados e um piso de tábuas. Não havia enfeites nem toques delicados, só sua cama, uma mesa, uma cadeira, um balde para as necessidades durante a noite, que ele levava para fora de manhã e despejava em cima dos feijões que plantava todo ano nos fundos.

Agora, parecia-lhe mais que possível que o vizinho nunca voltasse para casa. Parecia mais que possível que, se fosse cuidadoso e jogasse direito, pudesse ter alguma liberdade no lugar.

Tinha ouvido falar de um anel de ouro. Com o produto de um anel de ouro, podia expandir o negócio de mulas, acrescentar algumas melhorias na casa, algumas roupas novas e elegantes para si mesmo. O chapéu de Bellman era uma ótima coisa.

Sabia que as pessoas da cidade o menosprezavam; que Carter o observava na loja como se Elmer estivesse se preparando para surrupiar alguma coisa no momento em que virasse as costas. Nas poucas ocasiões em que fora à igreja, o pastor olhara para ele de longe com uma expressão de que preferia que não se sentasse com sua calça ensebada em nenhum dos bancos de madeira de encosto reto. Bem, todos iam recebê-lo com mais respeito quando estivesse administrando a propriedade de Bellman.

Comeu mais um bocado da torta da tia.

A menina parecia ficar mais alta diariamente. Tinha o cabelo vermelho do pai maluco, mas, na opinião de Elmer Jackson, lembrava mais a esposa falecida. A esposa tinha sido bem constituída, como a menina também era, e tinha o mesmo andar ereto e rápido.

No que lhe dizia respeito, Elmer Jackson tinha uma escolha, a tia ou a menina, e nunca gostara muito da tia. A tia, com o rosto comprido, ossudo e as meias enrugadas, era pouco mais atraente a Elmer Jackson que uma das mulas do irmão.

Quando a menina era pequena, ficava sentada na cerca enquanto ele trabalhava com Bellman no curral, balançando as pernas em uma calça de algodão até o joelho. No começo, ele não sabia nada sobre mulas e ela entoava o básico para ele numa espécie de canto agudo como uma canção infantil.

Uma jumenta menina é uma jenny, um jumento menino é um jack.
Um garanhão que cruza com uma jenny dá uma hinny, e uma égua
que cruza com um jumento dá uma mula.
O mulo menino se chama john, a mula menina se chama molly.
Uma mulinha menina se chama hinny e um mulinho menino
também se chama hinny.
Se você põe um hinny menino com uma hinny menina ou um burro
jack com uma mula molly, ou uma hinny menina com um mulo jack
ou um hinny menino com uma mula molly quase nunca consegue nada.
Mulinhas hinnies e mulas não podem ter filhos quase nunca e por isso
que tem de fazer tudo com cavalos e burros. O nome de verdade do bur-
ro — ela riu, saltou da cerca e disse, correndo embora — *de verdade*
mesmo, burro é bunda.

Ele talvez pudesse esperar alguns anos.

Dentro de alguns anos, a tia poderia se mudar de volta para sua
casa e levar as meias amassadas e as galinhas marrons e brancas com ela.

Mas sentado à mesa de Cy Bellman, enquanto acabava de comer
a torta de Julie e cogitava sobre o futuro, Elmer Jackson descobriu
que não queria esperar alguns anos.

Depois, ele passou a espioná-la. Na hora da sexta-feira em que a
tia rabugenta pega a banheirinha do gancho na parede e faz a menina
se despir e tomar banho. Ela é uma coisinha perfeita, o faz pensar
em leite, ou creme, esfriando no barracão, um frio sedoso quando
se enfia o dedo, mas um calor macio por dentro. Ah, meu Deus, só
um gostinho. Com os olhos apertados na fresta entre dois troncos,
ele prende a respiração e espia, sem se tocar, de forma que o prazer,
quando vem, seja maior. Passa a ser sua ambição, seu único objetivo.
Ele começa a tramar como vai chegar lá, sentindo a cada dia que, com
a ajuda no quintal, a paciência com as mulas, a apreciação da comida
da tia, a aceitação junto a elas, está chegando mais perto, cada favor
amigável mais uma pedra a pavimentar um caminho ao longo de
um rio que está quase atravessado; que agora espera apenas por sua
chance de fazer acontecer.

O grande homem branco sempre adormecia antes dele.

Envolto no grosso casaco de lã, em pouco tempo estava sempre roncando. A respiração ficava mais lenta e mais profunda e depois seu corpo se mexia de vez em quando, como um cachorro adormecido, e o rapaz se perguntava que sonhos ele teria.

Tinha visto um homem branco de cabelo vermelho uma vez antes, no dia em que os colonos chegaram e colocaram fogo nas plantações e tendas de seu povo. Menor e mais magro, mas com a mesma barba e cabelo cor de fogo, que puxou sua irmã ao ar livre, a irmã que chutava, arranhava, gritava, o colono branco e magro com o cabelo vermelho e a barba vermelha se mexia em cima dela como um cachorro e depois cortou sua garganta. Em seus sonhos, ele ainda a via chutando e arranhando e a ouvia gritar. Quando acordava e via o grande homem branco a seu lado, metade do rosto coberto de barba vermelha igual ao outro, às vezes ele quase engasgava.

Barba de qualquer cor era uma coisa grosseira, uma coisa animal que guardava entre seus fios o fedor de comida, às vezes migalhas e fiapos de comida mesmo. Mas a desse era pior porque era vermelha como a do outro homem. Às vezes, quando ele e o explorador grande estavam seguindo, ao erguerem a piroga ou amarrarem as bolsas nos cavalos, a grande barba vermelha roçava sua face e ele sentia náusea. O cheiro, a imagem do homem branco e magro de antes em sua cabeça.

Certas noites, Bellman acordava no escuro e, quando abria os olhos, o rapaz estava olhando para ele. Do outro lado da fogueira que reluzia suavemente, pontos de luz acendendo e apagando, a cinza a se mexer quando os gravetos queimavam, se quebravam e caíam de mansinho, quando Bellman olhava, o rapaz não estava dormindo, mas ali deitado com seus olhinhos apertados, brancos e abertos no escuro.

Isso fazia Bellman se sentir seguro. O rapaz acordado daquele jeito, e alerta, vigiando por perigos que Bellman talvez nem soubesse que havia ali.

Podia ser um negócio complicado o garanhão cobrir as jumentas e os jumentos cobrirem as éguas, seu pai e Elmer Jackson se mexiam muito, gritavam, os animais corriam para cá e para lá, mas acabavam fazendo tudo e pouco menos de um ano depois vinham os burros e mulas, enrolados em suas bolsas escorregadias, e cambaleavam pelo pasto sobre as pernas finas.

Naqueles dias, com o pai ausente, tia Julie e Elmer Jackson conseguiam juntos, Elmer Jackson fazendo a maior parte do trabalho, chicoteando e organizando o garanhão e as mulas, as éguas e os jumentos, com fala mansa ou dura, dependendo de quais estavam relutantes, quais não.

Isso não acontecia num dia específico, mas em dias diferentes, de acordo com os animais que seriam reunidos. A tia Julie fazia sua parte no entorno com o "eia, eia" especial que o pai usava para aquilo, embora Bess notasse que, uma vez a coisa começada, a tia geralmente encontrava outro trabalho que precisava ser feito, como desenterrar umas batatas ou esfregar uma baciada de roupas, ou qualquer outra tarefa que exigisse sua atenção dentro da casa, e deixava Elmer cuidar da continuação.

Mas Bess ajudava com os partos. Os puxões, às vezes as cordas amarradas, os sussurros de encorajamento nas orelhas compridas das mulas ou nas orelhas curtas das éguas.

Era uma maravilha e um mistério, Bess dizia sempre a Sidney Lott antes de parar de falar com ele, dois animais diferentes, um cavalo e uma jumenta, se juntarem para produzir um diferente, e tão bonito! Adulta ou novinha, não fazia diferença: a mula era um animal excelente. "Mais forte que um cavalo ou que um burro. Uma mula carrega mais, Sidney, e vai mais longe, além de ter um bom coice, forte, e ser muito mais esperta."

* * *

"Por que não vai com uma mula?", foi a pergunta que ela fez ao pai nos dias antes de ele partir para a viagem, assim que ficou claro que planejava levar o cavalo preto.

"Boa pergunta, Bess", ele havia dito, "e pensei nisso: o que seria melhor, cavalo ou mula."

Ele disse que na verdade tinha pensado em levar os dois, fazendo uma espécie de pequena caravana de viagem, com ele no cavalo e a carga na mula, mas no fim desistiu da ideia, parecia muito lenta e trabalhosa, e lhe pareceu melhor carregar todo o equipamento junto com ele, no cavalo.

Bess disse que, se ela fosse, provavelmente escolheria uma mula.

"Um cavalo é mais rápido, Bess", ele disse, delicadamente, e apertou a mão dela ao ver que estava com olhos cheios de lágrimas. "Um cavalo é um bicho rápido. Um pouco desmiolado, admito. Mas vou mais depressa, Bess, e volto mais depressa, com um cavalo."

Passaram-se os dias, choveu muito, e, ao cavalgar ou caminhar, Bellman examinava a margem do rio e a pradaria adiante, as linhas de pinheiros resistentes à distância no alto dos morros. De vez em quando, ele desenhava as pedras, as árvores, os arbustos e a relva desconhecidos e prensava algumas folhas e caules entre as páginas de seus desenhos, mas no geral sua cabeça estava tomada pelos animais gigantes.

O que eles comiam?

Gostavam de carne ou de plantas?

Será que eles, como os lobos, perseguiam e devoravam o búfalo?

Apesar de seu tamanho enorme eram rápidos? Ou se movimentavam devagar, delicadamente, como as criaturas de nuvem que passaram por sua paisagem mental quando cruzou pela primeira vez com a possibilidade de sua existência?

Eram caçadores ou coletores?

Usavam as presas enormes para espetar a caça ou alcançavam as árvores com a boca e mascavam nozes?

Pastavam, como ele e Velha de Longe faziam, nos amelanqueiros e arônias, nas uvas maduras?

Será que também gostavam de um rabo de castor ou de uma lampreia fresca?

Era estimulado pela visão de outros animais que nunca tinha visto na vida e parava para desenhá-los também: coelhos gigantes com orelhas do tamanho do remo chato que o rapaz usava para deslizar a piroga pelo rio; uma criaturinha gorda, algo entre um sapo e um lagarto com espinhos por todo o corpo; um pássaro feio com penas cobrindo metade das patas como calções, uma horrível pele pálida entre as penas e as grandes patas com garras.

Essas coisas estranhas e nada familiares davam esperança a Bellman e ele seguia em frente.

Acompanhado pelo rapaz, fez excursões ao norte e ao sul, na esperança de um avistamento, depois de alguns dias voltava ao rio, seguia então próximo ao leito por um dia ou dois, e repetia o exercício. Excursão. Rio. Excursão. Rio. Excursão. Essa era a sua lenta, tortuosa e laboriosa abordagem. Semana a semana, mês a mês, arrastando-se para oeste.

Havia momentos em que o chão em que pisava parecia oscilar de novo; quando estava desequilibrado, como ficara aquele dia em casa ao ler pela primeira vez sobre os ossos gigantes: quando a ideia de tudo o que ele não sabia o deixou tonto, quando entendeu que não podia ficar em casa. Tinha sido completamente incapaz de explicar aquilo para qualquer um, nem para Julie, nem para Elmer, nem mesmo para o novo bibliotecário que o ajudara a encontrar os mapas e os diários. Agora ele se perguntava se seria por parecer possível que, através dos animais gigantes, fosse possível abrir de alguma forma uma porta para o mistério do mundo. Havia momentos, ali no oeste, em que se deitava à noite e, enrolado no casaco, olhava o céu, lavado de estrelas, olhava a face brilhante e quebrada da lua e imaginava o que podia haver lá em cima também, o que encontraria se achasse um jeito de chegar até lá para dar uma olhada.

O inverno chegou de novo, e foi muito difícil. Tanta neve que Bellman pensou que seriam soterrados e nem mesmo o rapaz conseguia encontrar muita coisa em termos de comida no mundo gelado em torno deles. Nas noites mais duras, ocorreu a Bellman que o que podiam fazer seria deitar próximos um do outro para se aquecerem, mas não conseguia se imaginar fazendo uma coisa dessas: ele e o rapaz enrolados um contra o outro debaixo do casaco ou do cobertor. Mesmo nas piores noites parecia uma coisa impossível de propor, e os dois se deitavam separados nos braços gelados da noite. Durante longos períodos, não puderam viajar, e às vezes Bellman temia que havia chegado tão longe para não ir a lugar nenhum. Mas então a primavera voltou e de manhã acordavam com o céu claro e o rio sereno, e continuavam seu caminho.

Ele gostava da companhia tranquila do rapaz: sua presença constante e previsível; a visão dele à frente com a mão apoiada de leve no arco de caça curto que levava sempre consigo. O arco intrigava Bellman. Era tão pequeno e leve que lhe parecia um brinquedo de criança e depois de todo esse tempo ainda o assombrava o modo como Velha de Longe conseguia atirar com ele de cima do cavalo e voltar, dia após dia, com coisas mortas para os dois comerem.

No geral, Bellman acreditava que estavam se dando bastante bem.

Pelo que podia dizer, o rapaz estava contente com o arranjo a que tinham chegado na presença do comerciante de peles, Devereux. À noite, depois de comer, Bellman o via muitas vezes girando o espelho à luz do fogo, ou arrumando de novo as fitas, as contas e o lenço branco que, juntos, decoravam o cabelo preto e o corpo magro de pernas finas.

Bellman gostava das noites depois dos longos dias de viagem — o contentamento sossegado, quase doméstico, as coisas deles arrumadas ao fim do dia, os pratos raspados e lavados no rio, o fogo quente projetando sombras suaves no acampamento. Às vezes, os dois falavam em voz alta depois de terem deitado para a noite, Bellman em sua língua, o rapaz na dele, sem nenhum dos dois saber o que o outro estava dizendo.

Bellman pensava que era agradável se comunicar assim, ouvir as palavras cujo sentido não se entende; como ouvir música. E além de tudo havia a habilidade do rapaz com arco e flecha, e era um bom pescador também. No fim das contas, pensou Bellman, estavam se dando bem. Havia muita caça e peixe suficiente no rio para alimentar uma cidade.

De sua cama, Bess ouvia tia Julie e Elmer Jackson conversando.

Estavam tomando café. De vez em quando, ela ouvia o baque suave de xícaras na mesa.

"Claro que penso nele", dizia tia Julie. "Penso nele quando leu no jornal sobre a possível existência de um grande monstro de dente comprido e disse para si mesmo: 'Ah, já sei o que vou fazer! Faço as malas, compro um grande chapéu novo e aponto imediatamente na direção dele, marcho três mil e duzentos quilômetros para ter certeza de que vou cair direto na boca dele'."

A tia fez a voz grave e abobalhada, e Bess ouviu Elmer Jackson soltar uma gostosa gargalhada. Quando espiou por trás da cortina de sua cama, viu que ele deu um tapa na própria coxa.

Também viu que a apreciação dele à imitação que tia Julie fez de seu pai deixou a tia corada.

Bess nunca tinha visto tia Julie ficar corada antes.

Viu quando ela tocou o coque de cabelo castanho-acinzentado na nuca acima da gola do vestido e prendeu uma mecha solta atrás da orelha.

Nunca tinha visto a tia tão à vontade com Elmer Jackson, os dois sentados à luz do lampião, tomando café, e se perguntou se talvez tia Julie não estaria ficando um pouquinho caída pelo vizinho e ele por ela. Nunca poderia esperar por isso. Era a última coisa que podia imaginar: a tia se enternecer por Elmer Jackson, uma coisa surpreendente que ela não conseguia entender nem explicar. Imaginou se seria assim de agora em diante: Elmer Jackson ali na casa quase todas as noites, a tia Julie sentada com ele, conversando, e rindo com ele de seu pai, corando quando Elmer Jackson ria também.

Bess voltou para trás da cortina e se deitou.

Depois de um momento, ouviu Elmer Jackson arrastar a cadeira no piso de madeira, fechar a porta e depois os sons de tia Julie lavando as xícaras de café no balde, tirando as botas, e o rangido da cama de seu pai no andar de cima enquanto a tia se deitava.

Na escuridão e no silêncio, Bess podia ouvir o tique-taque do relógio da parede. Quando fechou os olhos ainda viu a imagem de como estava o relógio depois que seu pai foi embora, quando finalmente se virou para voltar para dentro de casa, estava com os ponteiros abertos na face redonda, um apontando para um lado, o outro na direção oposta, como se uma mão apontasse o oeste e a outra o leste. Durante o dia, havia um momento diferente de que ela gostava mais que qualquer outro e fazia de tudo para estar na casa quando chegava: o momento em que o maior dos dois ponteiros se movia devagar pelos 12 até se juntar ao menor, ambos apontando o leste.

Ela ficou deitada de olhos fechados.

Hoje um corvo tinha aparecido no quintal, o que queria dizer que o pai havia encontrado os grandes animais e começado a viagem para casa.

Amanhã, se ela voltasse da bomba-d'água da casa sem derramar nem uma gota de água por cima da beira do balde, queria dizer que ele estava bem de saúde.

Se o espinheiro-branco florescesse antes do começo de maio, isso também queria dizer que ele estava bem de saúde.

E se a tia Julie estivesse de mau humor logo ao acordar, queria dizer que ele voltaria antes de seu aniversário.

Agora fazia isso o tempo todo, diariamente, às vezes de hora em hora, e sempre a última coisa antes de dormir, marcar o tempo acumulando sinais de boa sorte a favor do pai.

No fim das contas, claro, as coisas tendiam a estar bem para ele, porque Bess sempre pesava as eventualidades a favor dele, definindo resultados que ela tinha a capacidade de influenciar, ou pelo menos saber serem prováveis, como andar muito devagar e com muito cuidado com o balde vindo da bomba para casa e, para começar, não enchê-lo demais, ou ver que no final de abril o espinheiro já dava todos os sinais de que ia florir logo, ou poder contar com certo grau de certeza de que tia Julie estaria irritada ao acordar de manhã.

Mesmo assim, era um consolo.

Ela levou os joelhos ao queixo e puxou a colcha sobre os ombros. Além da cortina da frente da cama, o relógio tiquetaqueava.

Duas da tarde era a hora em que Elmer Jackson costumava aparecer naqueles dias; nove ou dez da noite a hora em que pegava o chapéu, dava boa-noite para tia Julie, montava em seu cavalo cinzento de rabo branco e ia embora.

Eles pararam no sopé de um barranco de barro azul. À noite choveu um pouco, Bellman matou um pato e o menino fez uma fogueira e eles comeram.

Bellman não se sentia um homem vaidoso. "Não estou em busca de nenhuma glória", ele disse, porque agora era costume conversar com o rapaz à noite, depois que comiam, mesmo que o rapaz não entendesse o que ele dizia.

Porém, ele não conseguia deixar de pensar que seria uma coisa e tanto escrever para o jornal quando chegasse em casa e se sentar diante de Julie, Elmer Jackson, Gardiner e Helen Lott, talvez Philip Wallace, o professor, o bibliotecário atencioso cujo nome não lembrava, e Bess, claro, para contar a todos sobre os bichos que tinha encontrado e visto com os próprios olhos. Seria uma coisa incrível conversar com eles sobre seus dentes e presas na vida real. Sobre os sons que faziam. Sobre a escamosa ou peluda magnificência deles, fosse qual fosse o caso. A maravilha daquilo tudo.

Também havia noites em que pensava em Elsie.

Elsie no navio quando chegaram a New Castle, o cabelo ao vento, o sorriso largo, iluminado pela esperança do que este novo país lhes daria.

Elsie indo da casa à bomba-d'água com o balde. As costas eretas e o andar ligeiro.

Elsie tomando banho ao lado do fogão, a água que ele despejava do jarro deslizando como óleo em sua pele, que tinha por baixo volumes e ondulações que eram Bess a se mexer dentro dela.

Elsie sentada à mesa com Bess no colo, Elsie o ajudando a remover as pedras do pasto. Elsie depois da terrível operação. O sr. Corless, o barbeiro, à espera na porta e que acabou pedindo seu dinheiro;

dizendo que sentia muito, mas nem o melhor cirurgião poderia ter feito melhor.

Algumas noites, em seus sonhos, ele estava de novo com ela na cama, e, quando ia tocá-la, acordava. A sensação era tão real que ele tentava imediatamente voltar a dormir para retornar ao sonho e sentir tudo de novo, estar com ela como estivera em vida.

E então havia outras noites em que sonhava que ela estava na casa observando-o arrumar e arrumar e arrumar a bagagem para a viagem, tentando ir embora — enrolava e desenrolava o cobertor, enfiava coisas nas bolsas e jogava outras coisas no baú de lata. Ele não podia vê-la, mas sabia que estava ali em algum lugar ao fundo, sentia que o observava, e ele nunca conseguia terminar de arrumar as malas, havia sempre mais coisa que tinha de levar e de alguma forma não tinha começado a tempo ou deixado tempo suficiente. Em seu sonho, havia sempre a sensação de que um prazo se aproximava, que havia um momento em que devia partir, senão jamais partiria, e ele ficava desesperado, desesperado, desesperado para estar a caminho, depressa, depressa, mas nunca ia mais rápido e sentia a possibilidade de que o começo de sua jornada fosse cada vez menor, esgotando-se no nada, e mesmo no sonho ele sentia o pânico, o martelar do coração e o desespero ainda estavam vivos dentro dele quando acordava.

Do outro lado do fogo manso, porém, o rapaz dormia. Estava de olhos fechados. Bellman podia ver seu peito subir e descer com suavidade. Acima deles, os salgueiros oscilavam levemente na brisa noturna do rio. A respiração de Bellman se acalmou. Estava tudo bem. Ele estava ali. Estava a caminho.

E então, um acidente.

O cobertor de Bellman ficara para trás no lugar em que acamparam na noite anterior, a certa distância do rio; a decisão de voltar o mais depressa possível rio abaixo para recuperá-lo.

Ouviram as cataratas muito antes de chegar a elas.

E então o estrépito da água entre as paredes do cânion muito profundo e para dentro da garganta estreita do rio.

Bellman apontou para a margem e uma possível subida pelos despenhadeiros para mostrar que achava que deviam carregar a piroga, mas o rapaz deixou claro que estava seguro de conseguir conduzir o barquinho acima da catarata. E Bellman disse tudo bem. Porque até aquele momento já tinha observado o rapaz durante milhares de horas e ele parecia capaz de fazer tudo o que quisesse, que a canoa estreita faria tudo o que ele exigisse dela. Mas, quando o rapaz e o barco se ergueram na água espumosa, Bellman viu o barco virar. Viu todas as coisas voarem na espuma. Seu baú de lata jogado na água escura, agitada, a tampa se abrindo e tudo o que havia nele juntou-se ao rugido da espuma do rio a despencar.

No fundo, Bellman agarrou a parte superior dos braços do rapaz e o sacudiu. Era a primeira vez que sentia raiva dele. Gritou, disse que ele era um inútil e depois se sentou na margem para inspecionar os destroços da tarde e descobriu que não tinham perdido quase nada.

A piroga estava intacta e o remo foi lançado a uma fenda entre rochas um pouco mais adiante. Na piscina tranquila ao pé da cachoeira, as coisas de Bellman flutuavam ou cintilavam debaixo d'água.

"Bom", ele disse, "acho que desta vez tivemos sorte."

Juntos, recolheram todos os haveres espalhados de Bellman e estenderam as coisas para secar em cima dos arbustos de tojo. Todo o resto, a chaleira, as armas et cetera levaram para as pedras e para a praia estreita e lodosa. Ele desamarrou o impermeável que continha a pólvora e deixou aberto ao sol. Até as cartas a Bess, amarradas junto ao impermeável, tinham sobrevivido com danos incrivelmente pequenos: um borrões, respingos e marcas de água aqui e ali quando secaram, mas só isso. Um pouco mais adiante, chegaram ao acampamento do dia anterior, onde o cobertor de Bellman estava à espera.

"Desculpe", Bellman disse baixinho quando chegou a noite e acabaram de comer. "Eu não queria gritar. Sei que não foi culpa sua. Acho que eu só estava um pouco ansioso, cansado e preocupado, porque o inverno vai chegar outra vez e a gente fez todo esse caminho sem avistar nada."

Agora, toda vez a tia o convidava para ficar para o jantar.

Ele passava os dias limpando o quintal e o pasto, dava forragem aos animais e à noite ela lhe oferecia um prato de frios e uma xícara de café quente, um pedaço de bolo ou torta antes de ele ir embora.

Uma noite, antes de a menina ir para a cama, e com a tia de costas, ele se debruçou na mesa e com o polegar desenhou um círculo no dorso da mão dela ao lado do prato. Ela olhou firme para ele, mas pareceu não entender direito o que ele pretendia e, no momento seguinte, a tia estava de volta a seu lugar e mandou a menina para a cama, e ele voltou a prestar atenção no jantar.

Ele se repreendeu depois. Parecia-lhe que não devia ter tentado nada tão tímido, que o elemento surpresa era importante, quando chegasse o momento certo. "A última coisa que você quer", disse a si mesmo, "é que a tia desconfie."

Naquela mesma primavera em Lewistown, Mary Higson, a viúva do ferreiro, completou trinta e nove anos.

Ela vira Cy Bellman entrar no Carter uma tarde de verão e pouco depois sair usando um chapéu que a surpreendeu. Sem saber nada de seus planos, ficou curiosa sobre o que poderia estar fazendo. Se tinha tomado alguma decisão particular de melhorar a aparência e esse era um primeiro sinal público; se, depois de um período de oito anos desde a morte da esposa, ele estava pensando que era hora de se interessar por alguma coisa além da filhinha e das mulas que ela o via conduzir pela cidade a cada estação, com o chapéu de feltro marrom, uma vara de salgueiro e um ar firme na cara que parecia sempre lhe dizer: "Meu nome é John Cyrus Bellman e esta é a minha vida. Não é o que eu esperava, mas é assim que é, pronto".

Porém, ela pensou, ele parecia docemente constrangido, ao sair da loja naquele dia, o chapéu muito direito e de alguma forma precário em cima do farto cabelo ruivo, como se estivesse realizando algum tipo de desafio, como andar num pau de sebo equilibrando um lampião na cabeça enquanto todo mundo que ele conhecia na vida esperava para ver se ele, ou o chapéu, ou os dois, iam cair.

Por algum tempo depois, ela achou possível que ele a visitasse.

Diversas vezes foi até a porta achando que tinha ouvido uma batida e descobria que não era nada, não havia ninguém, tinha sido a própria esperança e desejo a produzir sons do silêncio, ou a confusão de algo corriqueiro e fortuito como o *plop* de uma grande gota de chuva no telhado ou alguém na rua que tirou o sapato e bateu no chão para tirar uma pedrinha de dentro.

Então, um dia, ela ouviu na igreja que ele tinha ido embora sozinho a cavalo para o oeste à procura de uns animais extremamente grandes.

Entreouviu a irmã dele, Julie, Helen Lott e o pastor falando disso, dizendo que sem dúvida os enormes objetos que inspiraram sua busca provavelmente não eram ossos coisa nenhuma, mas pedaços de árvore e pedra. Que ele era louco de ir para lá sozinho. Que ia morrer de fome, quebrar uma perna, perder-se ou cair nas mãos dos selvagens.

Ela não sabia o que pensar, a não ser que desejava que ele não tivesse ido.

Toda vez que via a menininha, cujo cabelo era exatamente do mesmo vermelho que o dele, pensava nele, e seu coração apertava.

Ela era uma coisinha engraçada, a menina.

Solitária e solene, sempre seguindo bem atrás da tia e dos Lott a caminho da igreja.

Às vezes a viúva do ferreiro a via de relance vagando pela escada da biblioteca. Uma vez ela a viu entrar pelas grandes portas de madeira, e uma vez a viu descer voando como um gato escaldado, direto para cima da tia Julie, que gritou:

"Pelo amor de Deus, menina, olhe por onde anda!"

Mary imaginava dizer a ela: "Eu vou ser sua mãe, Bess, se você quiser. Vou ser esposa do seu pai quando ele voltar, e juntos vamos cuidar de você".

Mas, quando os meses passaram e viraram um ano, e depois um segundo ano, Mary Higson começou a esquecer de Cy Bellman, e quando um caixeiro-viajante de Boston de passagem por Lewistown comprou para ela um baú de couro, algumas roupas e muitas outras coisas, ela se juntou a ele e foi embora, nunca mais voltou a Lewistown nem soube o que aconteceu a Cy Bellman e sua filhinha.

Enquanto isso, Sidney Lott estava trinta centímetros mais alto que no verão anterior e ia à igreja quase todo domingo com Dorothy Wallace, que tinha catorze anos e era filha do professor.

Tia Julie comentou como a menina Dorothy tinha ficado bonita e que não ficaria surpresa se Sidney e Dorothy se casassem dentro de poucos anos. O que Bess achava disso?

Bess disse que não achava nada. Bess disse que essa era a última coisa do mundo com que pensava se preocupar.

Às vezes o rio era raso demais até para o menino conduzir a piroga pela vagarosa corrente acima.

Bellman então a prendia à cintura, chapinhava na água, fazia o menino levar os cavalos pela margem e puxava até seus pés estarem tão frios e as pernas tão cansadas que não conseguia continuar e gritava para o menino que vinha atrás que iam parar por aquela noite.

Havia momentos durante o dia em que ele gritava de frustração. "Você acha que é um rio!", ele gritava e batia o lado chato do remo na superfície cinzenta que corria lenta, cheia de moscas d'água. O dia inteiro, todo dia, ficava de olhos abertos, na esperança de que um dos animais finalmente aparecesse, no entanto eles não viam nada.

"Estou começando a achar", ele disse em voz alta para o menino um dia, "que este rio preguiçoso, raso e com pouca água, este rio é que deve ser o problema para os bichos grandes."

Chapinhou mais alguns passos, então parou e balançou a cabeça.

"É, estou chegando à conclusão de que, como os gatos, eles não gostam nada de rios, córregos, riachos e cursos d'água de nenhum tipo."

Nenhuma das excursões circulares que fizeram para as matas junto ao rio rendeu qualquer coisa mais estranha que uns capins e flores desconhecidos, uma criatura gorda e espinhosa que parecia um tipo de fruta pontuda com rabo; os coelhos grandes, os feios pássaros de calças.

"Nenhum dos nossos desvios para longe do rio foi longe bastante", ele anunciou decididamente ao menino, o costume de falar com ele bem estabelecido agora.

Durante longo tempo, ficou sentado com a bússola. Os dois capitães e seu grupo tinham continuado para o noroeste; ele e o rapaz faziam diferente. "Venha", ele disse.

* * *

Eles tomam um rumo para longe do rio.

Viajam para sudoeste por uma distância de quinhentos e sessenta quilômetros. Chegam a outro rio, que, a essa altura, Bellman não faz ideia de qual seja. Atravessam-no e ele espera que o índio se lembre do caminho de volta, que tenha uma parte especial do cérebro que memoriza essas coisas, talvez por meio das solas dos pés.

Ele está muito mais animado agora. Depois daquele vacilo no rio, recuperou o entusiasmo. À noite, estica-se satisfeito em seu casaco depois de mais um longo dia de viagem e aproveita umas boas baforadas do cachimbo, escreve para Bess. Há algo infinitamente agradável no rápido alvoroço dos morcegos nas árvores a essa hora do dia, e na macia crepitação de insetos em toda a volta: um vai e vem sussurrado, como se a própria terra respirasse. Preocupa-se um pouco com cobras, é verdade, com ursos, e lobos que escuta uivando às vezes, à noite. Mas no geral raramente se detém nesse medos e, quanto a tudo o que pode haver pela frente, ele continua muito mais excitado do que ansioso, mais cheio de otimismo do que de qualquer tipo de temor. Está convencido de ter razão ao pensar que seu erro até então foi ficar colado demais ao rio, e que, agora que corrigiu esse erro, as coisas logo iriam melhorar. Ainda tem no baú de lata um pequeno suprimento de badulaques para trocar por comida, se surgir a necessidade, com quaisquer selvagens que possam encontrar, do tipo infantil e não da variedade feroz, que pega escravos. Tem pouca pólvora e munição, mas, enquanto o menino fizer a parte do leão na caçada, ele calcula que conseguirá aguentar um pouco.

Ele agora chama o rapaz de "Velha", de um jeito brincalhão e afetuoso.

Às vezes, pensa: e se eu levar esse rapaz de volta comigo quando a gente tiver cumprido nossa missão? Mais um ajudante no lugar ao lado do Elmer? O que Julie iria dizer disso? Bellman ri, tentando imaginar a cara da irmã.

Chega um dia em que Bess está sentada na escada da biblioteca circulante de Lewistown esperando a tia Julie terminar a reunião com o pastor e Helen Lott a respeito de uma nova janela para a igreja.

Quando ergue os olhos, é o homem de colete amarelo e óculos da última vez, dizendo-lhe que está em seu poder abrir mão dos nove xelins de inscrição se ela quiser entrar.

"Obrigada", diz Bess, e entra.

O bibliotecário mostra os grandes volumes da expedição do presidente e lhe traz uma cadeira e uma mesa.

Ela lê. Imagina o pai em sua viagem: uma figura pequena e solitária numa vasta terra vazia, avançando devagar ao longo de um largo rio sinuoso. Ela vira as páginas dos diários dos capitães, consciente de suas deficiências quanto a entender tudo o que eles escreveram; as páginas estão cheias de palavras que ela nunca viu e não tem como decifrar. Mas há mapas e esboços, é uma alegria folhear e olhar tudo, e ela agradece pelas palavras que *de fato* conhece — *longo, curto, seguro, perigoso, faminto, difícil, bonito, escuro, claro, velho, novo* e uma porção de outras. Agradece porque, quando por fim as cartas de seu pai começarem a chegar, será capaz de ler quaisquer mensagens simples que contenham.

A única coisa de que ela não gosta é do homem gordo de óculos, do jeito que sua respiração ofega ao lado de seu rosto quando ele se curva para abrir um dos volumes, e depois, durante o que parece um longo tempo, virar as páginas para ela; a experiência é ao mesmo tempo desagradável e intrigante. Bess sabe que deseja que sua respiração pare, mas não tem certeza se o erro é dele por respirar assim ou dela por não suportar aquilo. Ele está sendo gentil com ela; permitiu que veja os livros sem pagar os nove xelins da inscrição. Talvez ele respire sempre desse jeito ofegante perto do rosto das pessoas. Talvez não consiga evitar, talvez seja porque está inclinado numa posição ligeiramente desconfortável; talvez seja desrespeito e ingratidão dela se afastar. Então Bess se mantém imóvel, não se afasta nem mesmo um centímetro, para o bibliotecário não resolver que está sendo grosseira e tirar o livro dela. Durante o que parece um longo tempo, ela lê com o homem curvado em cima dela, e deseja apenas que ele não estivesse ali, que a deixasse, e, por fim, ele a deixa.

Quando, afinal, ele volta a sua longa mesa no vestíbulo, diante das portas de entrada, Bess consegue ficar em paz no salão de leitura da biblioteca.

Sempre que pode, ela volta. Sempre que a tia Julie está ocupada com o pastor ou com a sra. Lott ou com algum doente, Bess volta e vira as páginas dos grandes livros da expedição, até que uma tarde, com o sol se despejando pelas altas janelas de vidro, adormece com o rosto em cima de um dos volumes da grande viagem.

Ela sente o cheiro dele antes mesmo de abrir os olhos, um fedor mofado de pano velho e algum outro tipo de cheiro humano ou animal que ela não consegue identificar nem dar nome, embora ache que já sentiu antes. Sua bochecha está quente e marcada pela página porque ao adormecer ela a amassou um pouco e também, para seu horror, babou um pouco nela. Sente o coração disparar e teme pelo que o homem gordo vai fazer agora, se vai gritar com ela na frente dos outros leitores por estragar o livro precioso e então mandar que saia e não volte nunca mais. Em vez disso, ele se curva sobre ela. Tem outro livro entre os dedos, que segura com delicadeza e coloca ao lado de seu rosto.

"Olhe", diz ele, "um livro para criança."

Há imagens de um homem montado num cavalo com asas e de uma mulher com uma cabeça de serpentes; histórias sobre um gigante de um olho só e um homem com uma harpa de ouro que desce ao subsolo para recuperar sua amada.

Quando ela está saindo — tia Julie deve ter terminado, e segue da casa dos Lott para a biblioteca —, ele pergunta se ela gostou do novo livro.

"Gostei."

Tem mais, diz ele, numa sala especial, se ela quiser vir. Bess hesita diante da porta, pensa nos tesouros que há por trás dela, mas ele está próximo agora com seu cheiro esquisito e a respiração ofegante, parece-lhe que mais perto do que uma pessoa estaria normalmente e, quando entram no escuro, ela sente a mão dele em seu traseiro. Corre.

Depois disso, é mais cautelosa com Elmer Jackson, que, semanas antes, traçou um círculo com o polegar em sua mão enquanto tia Julie estava de costas. Depois de hoje, e do bibliotecário, ela tem certeza de que não vai demorar para Elmer Jackson também tentar pôr a mão em seu traseiro.

Ela fica temerosa, inquieta. Torna-se mais difícil desfrutar o mundo; ela se sente ansiosa, com medo. Queria que o pai voltasse para casa e que a mãe não tivesse morrido. "Você tem a tia Julie", tenta dizer a si mesma, mas tia Julie não parece alguém que vá protegê-la. Tia Julie está sempre convidando Elmer Jackson para entrar em casa, faz jantar para ele, xícaras de café, ou sai para reuniões com o pastor, ou leva pratos de comida para pessoas doentes, ou visita a mãe de Sidney Lott, Helen.

"Tenho doze anos", Bess diz a si mesma, em voz alta. "Sou muito nova para ficar sem alguém para me proteger."

Começa a se permitir sonhar que o pai está a caminho de casa, que chegará muito em breve.

Começa a se permitir sonhar que ele não está muito longe.

Começa a se permitir sonhar que, enquanto ele estava longe, conseguiu encontrar não só os grandes monstros que procurava, mas também sua mãe.

Como o homem com a harpa dourada, ele vai trazê-la com ele, só que ele vai ser mais esperto que o homem com a harpa dourada e não vai olhar para trás, vai continuar sempre em frente até estarem ambos em casa. Ela vai olhar da varanda e estarão vindo pelo caminho de pedras na frente da casa e vão ficar, cuidar dela e mantê-la a salvo do homem de óculos e de Elmer Jackson.

Bess não tem nenhuma lembrança da mãe.

Seu dedal e suas agulhas de tricô ficavam numa gaveta da mesa de pinho quadrada. Pequenos botões de madeira decoravam o lado oposto ao da ponta das agulhas que eram compridas, finas, frias. Bess tem um par de meias feito com elas e pode ver como os pequenos pontos foram produzidos, os espaços vazios criados pelas agulhas. As meias não servem mais, mas às vezes as usa nas mãos dentro de casa no inverno quando está muito frio de manhã e o fogão ainda não está bem aceso.

No geral, porém, ela sabe da mãe morta pela blusa listrada, que ficava pendurada atrás da porta do quarto do pai, por baixo de sua camisa de domingo e da calça preta que ele usava para ir a Lewistown. Desde que consegue se lembrar, tem curiosidade sobre ela, e há cada vez mais momentos em que espera que seja verdade o que dizem o pastor e tia Julie: que agora ela vive em outro reino. Um reino com um portão estreito e muitas moradas, com fontes de água viva, sem calor abrasador, sem noite nunca mais. Uma vez ela perguntou ao pai se o que o pastor e tia Julie tinham dito era verdade e sua mãe vivia agora em outro reino, e ele respondera, "Ah, Bess, não sei", mas havia um olhar impassível em seu rosto, e fazia muito tempo que ele não ia à igreja com eles, e Bess tinha certeza de que ele queria dizer que ela não vivia em outro reino.

Mesmo assim, Bess pensava sempre sobre isso, esse outro reino, e às vezes de manhã entre sonhar e acordar ele parecia se fundir ao cenário que tinha em mente do oeste, aonde seu pai tinha ido, que ela imaginava ser um lugar de gramados ondulantes, céu azul e montanhas escarpadas ao longe, um lugar onde as coisas que estavam mortas aqui na Pensilvânia e no Kentucky ainda viviam.

Havia momentos em que Bess se permitia pensar na possibilidade de o pai ter levado a blusa da mãe não para trocar com os índios, mas para sua mãe ter algo bonito para vestir quando ele a encontrasse; que as agulhas de tricô e o dedal de cobre eram para ela ter alguma coisa para fazer na longa viagem de volta para casa.

O que Devereux, o comerciante de peles, lembrou então foi que tinha prometido enviar as cartas.

"Claro", lembrou-se de ter dito, a imagem do rapaz índio desajeitado em sua memória agora, relembrando o que tinha prometido: que ele garantia enviar as cartas.

Ia entregá-las a outro comerciante, o sr. Hollinghurst, disse, quando fosse para o leste dentro de um mês. O sr. Hollinghurst as levaria até St. Charles e cuidaria que fossem enviadas de lá.

"Obrigado", o homem tinha dito. "O senhor é muito gentil."

Como era mesmo o nome dele? Bowman? Bowper? Belper?

Um homem grande e pesado, com uma enorme barba retangular, que passara por ali na última primavera. Uma cartola preta em cima do farto cabelo vermelho.

Não, não Belper. Bellman. Isso.

O nome dele era Bellman.

As cartas eram para sua filha, ele dissera, que tinha dez anos, não, onze, e vivia por ora, enquanto ele estava longe, aos cuidados da irmã dele, que podia ser dura, mas que no fundo era uma boa mulher que merecia sua consideração.

Devereux se lembrou de ter perguntado ao homem o que o trouxera para tão longe de casa, negócios ou prazer? O homem fizera uma pausa, como se não tivesse certeza da resposta a dar, e então descreveu a si mesmo como "uma espécie de explorador".

Uma espécie de explorador!

Ele esperava, Devereux perguntara com uma piscadela, provar que a expedição do presidente tinha errado e descobrir um rio conveniente que tivessem deixado passar? Era seu objetivo encontrar uma passagem de água boa e calma que evitasse as montanhas e o levasse, e a todos que quisessem ir até lá, direto até o oceano Pacífico?

O homem de cabelo vermelho deu uma risada mansa e balançou a cabeça. Pousou uma das mãos grandes de modo depreciativo no peito. Não, não, nada disso, embora, a propósito, tivesse examinado os diários da expedição do presidente e acreditasse que havia algumas coisas grandes que os dois intrépidos capitães e seus homens pudessem ter deixado passar.

Devereux olhou então para o índio.

Ele estava com o casaco de lã marrom do homem, a cartola preta e, debaixo do casaco, usava o que parecia uma blusa de mulher, rosa e branca. Não havia sinal de seu cavalo marrom, e ele conduzia o cavalo preto do homem. Havia fitas em seu cabelo e fios de contas de várias cores em torno do pescoço. Um guizo e um dedal de cobre pendurados em uma das orelhas e, pelo que o comerciante de peles podia ver, estava com as duas armas de Bellman, a machadinha, a faca, o cobertor enrolado, o grande baú de lata, as várias bolsas e trouxas.

Até esse momento, Devereux tinha esquecido totalmente do louco aventureiro de cabelo vermelho.

Só a visão do rapaz cavalgando para dentro do posto comercial, vestido com as roupas do homem e montado em seu cavalo, o relembrou do encontro.

Não tinha pensado em Bellman praticamente nem uma vez desde a manhã em que ele partira, o rapaz shawnee de pernas arqueadas trotando atrás dele carregado com carne de búfalo, peixe seco e uma grande quantidade daqueles bolinhos de raízes que os índios fazem, de que Devereux não gostava muito, mas que eram sempre úteis numa emergência.

Ele então ergueu o mosquete à altura do ombro e o pressionou no rosto do rapaz, arrancou o chapéu de Bellman de sua cabeça cheia de fitas, pôs no chão e fez sinal com a bota para o rapaz abrir as bolsas e o baú de lata e mostrar o que sobrara da aventura de Bellman. Ele pressionou o mosquete com mais força no rosto do rapaz.

"O que aconteceu?"

Um tempo antes, quando estava viajando sozinho ao longo do rio Missouri, encontrou um frade espanhol, a quem contou a razão de sua viagem, o que estava procurando.

O monge magro e meio careca ouviu, balançou a cabeça enquanto Bellman contava o que se sabia e o que não se sabia sobre os ossos: que provavelmente eram muito velhos; que eram de enorme tamanho; que pareciam pertencer a uma espécie de animais gigantes que ninguém nunca tinha visto; que para alguns, ele inclusive, parecia possível que esses animais ainda vagassem pelos vastos espaços desabitados além do Mississippi.

A batina clara e rústica do frade pendia até os tornozelos, acima dos pés descalços. Suas mãos eram pequenas e marrons com unhas curtas e sujas. Seu rosto era agradável, a expressão calma e gentil. Ele olhava à distância a curva do rio para oeste, longa e quase imperceptível.

"Você vai encontrar", ele disse com serena convicção. "Deus nunca permitiria que alguma de suas criaturas fosse aniquilada. Nosso globo e cada parte e partícula dele saíram das mãos do Criador e são tão perfeitos como Ele pretendia que fossem e continuarão exatamente no mesmo estado até sua dissolução final."

Bellman não sabia o que dizer.

Era fácil caçoar das pessoas por sua religião, e parecia indelicado discordar, para não dizer ingrato, diante da promessa do frade de levar com ele um maço de cartas para Bess quando voltasse a St. Louis.

Ele não gostaria de dizer que não estava disposto a acreditar em nem uma palavra do argumento do frade, que não achava que alguém ou alguma coisa, inclusive os grandes animais, tivesse de agradecer a Deus por existirem ou não existirem.

Parecia descortês explicar que havia muito tempo não punha o pé em nenhum tipo de igreja; que fazia anos que, aos domingos, acompanhava sua irmã e sua filha até a porta e as deixava ali.

Houve um silêncio entre eles. Dava para ouvir o marulhar ritmado da correnteza batendo contra o parapeito de madeira baixo do barco a vela quando os remadores mergulhavam os remos na água e os levavam penosamente rio acima.

Talvez o frade sentisse o desconforto de Bellman, sua descrença mesmo. Ele falou que sem dúvida deixaria as cartas no correio em St. Louis quando chegasse lá.

"Obrigado", disse Bellman.

Agora, esse encontro com o frade parecia ter acontecido muito tempo antes, um evento distante que pertencia, quase, a outro mundo. Ele calculava que tinham viajado mais de mil e quinhentos quilômetros, ele e o rapaz; talvez um pouco mais.

Juntos, desde que deixaram Devereux, tinham enfrentado todo tipo de clima, toda variedade de paisagem e terreno. Naquela primeira primavera em que começaram a seguir o rio para norte e oeste, poucas semanas de céu claro e brisa quente e depois nada além de chuva incessante. Nada além de água despejando em cima do cabelo preto do rapaz, da grande esponja que era o casaco de Bellman e das gastas cernelhas de aspecto gorduroso dos cavalos; o rapaz desenrolou um par de perneiras e uma túnica para abrigar seu corpo torto, seminu; os dois tinham seguido muitas vezes a pé porque estava frio demais para cavalgar muito tempo.

Depois o verão, com enxames de mosquitos-pólvora, moscas e pernilongos que picavam e solo de lama dura que era como uma cama de pregos de gigante, martelados em torrões do tamanho de punhos pelas patas de um milhão de búfalos. Longos dias a cavalo e a pé debaixo do sol quente, o menino novamente com sua tanga, a sombra grande de Bellman, a pequena e torta do menino, as formas indistintas dos cavalos. Havia muito tempo as meias de Bellman tinham se reduzido a nada, seus pés, nas botas furadas, inchados e cinzentos como jornal velho molhado.

Inverno e longos dias em que vasculhavam a paisagem até o cair da noite em busca de algo para comer, nada vivo a crescer nos arbustos ou nas árvores, quando comiam cascas, raízes e às vezes um sapo-boi desenterrado pelo rapaz da lama congelada.

Bellman rasgou tiras da camisa e amarrou os trapos nas árvores, numa tentativa de marcar sua presença para quaisquer nativos que estivessem no sertão, mas fossem tímidos demais para se mostrar. Devereux havia lhe dito para fazer isso: que o tecido garantiria aos selvagens que Bellman não significava nenhum perigo para eles e os atrairia também a vir e ver quais bens podia haver em oferta. Na maioria das vezes, não veio ninguém e Bellman lamentou a perda de tantos pedaços da camisa, mas houve momentos em que um pequeno bando saiu do meio das árvores, poucos homens e muitas mulheres e crianças. Velha de Longe ficava afastado então e observava Bellman e os nativos desconhecidos fazerem seus negócios — os nativos falando em sua língua específica, Bellman com as armas à mostra para mantê-los sob controle enquanto oferecia um pouco de tabaco ou uma pequena lima metálica em troca de um punhado de bolos ou um pouco de peixe; o rapaz cauteloso e resguardado como se não houvesse no mundo inteiro alguém em quem confiasse além de si mesmo; os procederes sempre terminavam com Bellman desenhando no chão um dos grandes monstros — a ideia que fazia deles, com pernas compridas e grandes presas, os braços agitados a apontar o alto das árvores para indicar seu grande tamanho, o desejo de descobrir se os índios sabiam daquilo que lhes mostrava. Com expressões vagas, desapareceram de novo, voltaram para a floresta e, depois disso, com a fria pele da neve o tempo todo no rosto de Bellman e no do rapaz, gelo numa capa fria nos ombros e nas ancas dos cavalos, na pilha dos haveres de Bellman amarrados; Bellman relutava nesse frio a rasgar até mesmo o menor pedaço de sua roupa.

Seguiam principalmente a pé. Os cascos dos cavalos, machucados por pedras ocultas e tocos de árvores, estavam em carne viva. O rapaz fez cobertas de pele, que os animais usavam como dois pares curtos de meias amarelas combinadas, na frente e atrás.

E então primavera de novo, um novo rio e, de repente, mais peixes do que conseguiam comer, o rapaz os pegava, secava e socava o que não tinham comido, guardava nas sacolas; os dois a caminho de novo até que uma bela manhã Bellman deixou o acampamento para se lavar e lavar suas roupas no rio: despiu-se e mergulhou na água o que restava da camisa gasta, da ceroula e da calça, esfregou as roupas rasgadas e malcheirosas nas pedras.

"Velha!", chamou através das árvores, na direção do acampamento. "Venha!"

Era tão bom se sentir limpo. Em mais de uma ocasião, no decorrer da longa viagem, ele havia tentado convencer o rapaz a lavar o lenço, que era o único pedaço de pano que ele possuía e que mantinha enfiado na tanga de couro, mas o rapaz não queria se separar daquilo. Mesmo assim, Bellman tinha certeza de que o rapaz gostaria de se lavar hoje, ali naquele novo rio, naquela fresca manhã de primavera.

"Venha!", chamou de novo para o meio das árvores, mas Velha de Longe não apareceu, e, quando Bellman voltou ao acampamento, nu, com água pingando do cabelo e da barba, o rapaz estava sentado numa pedra grande com a cartola de Bellman na cabeça. Bellman parou a certa distância e pôs no chão o volume de roupas encharcadas. Ergueu um dedo professoral.

"Não", disse, severo. "De jeito nenhum."

Arrancou raivosamente o chapéu da cabeça do rapaz e o colocou com firmeza na sua.

Estendeu a mão, ergueu asperamente os vários colares do rapaz e os sacudiu com ruído. Puxou as fitas de seu cabelo, o pedaço de espelho pendurado da orelha.

"*SEUS*", disse, alto.

Apontou o lenço branco incrivelmente sujo que o rapaz usava enfiado na cintura da roupa sumária que cobria suas partes.

"*SEU TAMBÉM.*"

Depois gesticulou pelo acampamento, o cavalo preto e o cavalo marrom, o baú de lata, suas roupas molhadas recém-lavadas, o cobertor que tinham esquecido aquele dia que seguiram pela catarata e que ele emprestava ao rapaz de vez em quando se estivesse muito frio, todas as suas sacolas e trouxas. Tocou a aba do chapéu com os dedos grandes.

"*MEU.*"

Pegou a faca do cinto da calça molhada, juntou a machadinha, as armas, o casaco com o tinteiro metálico preso à lapela e levou, em uma braçada cheia, até perto do rosto do rapaz.

"Meus também", disse, baixo. "Entendeu?"

Curvou-se, de modo que o grande rosto barbudo ficou à altura do rosto do rapaz. "Consegue dizer 'entendi, sim'? Consegue?" Pôs a mão grande em concha atrás da orelha com exagero.

"Seu. Meu. Certo?", ainda com a mão em concha, teatralmente, à espera de uma resposta.

O rapaz ficou em silêncio e Bellman balançou a cabeça. "Estou com a ideia, Velha, de chamar isto aqui de Acampamento da Decepção."

O rapaz se pôs de pé, em silêncio. Olhou para Bellman com olhos frios, escuros, e Bellman não fazia a menor ideia do que ele estava pensando.

Durante o resto do dia, ele evitou o olhar de Bellman, e foi então que Bellman começou a se preocupar com a possibilidade de que Velha de Longe não estivesse mais feliz de estar ali nos termos da barganha feita; que quisesse mais.

Nessa noite, quando comeram, Bellman deu ao rapaz uma porção do que comiam ligeiramente maior que a de costume.

"Vamos esquecer o dia de hoje", disse com uma série de gestos que esperava explicassem seu sentido junto com o tom conciliatório. "Vamos esquecer o que aconteceu."

Estendeu um pedacinho de espelho e uma das agulhas de tricô de Elsie.

"Olha. Pode ficar com isto aqui."

O rapaz fechou as mãos em torno dos objetos e Bellman concordou com a cabeça.

No Carter, Julie, a irmã de Bellman, estava tentando escolher entre um par de meias marrons ou um par azul-marinho. Ambas eram mais caras do que qualquer peça de roupa que já havia comprado, e nunca na vida usara um par de meias que não tivesse feito ela mesma. Mas ultimamente havia notado as meias de outras mulheres, como Helen Lott e a esposa do professor. Percebeu que elas não caíam enrugadas por cima do cano da bota como as dela.

Acabou escolhendo as marrons.

Carter as embrulhou com papel e deu-lhe um olhar questionador que ela ignorou e falou que queria também meio quilo de abricós.

Essa noite, haveria torta de abricó para Elmer Jackson quando ele terminasse o curral.

Ela começara a olhar para ele de outro jeito desde que Cy fora embora e ele ia à casa quase diariamente, os dois juntos à mesa à noite, depois que Bess tinha ido para a cama.

O anel de Elsie estava costurado dentro do bolso de sua saia. Não lhe parecia errado pensar nele agora como seu.

A coisa toda a intrigava; uma coisa que ela sempre esperou que nunca acontecesse.

Em Lewistown, naquele verão, o bibliotecário recebeu quatro novos lampiões de latão com cúpula de vidro verde para a sala de leitura. De Harrisburg, chegou também um novo retrato do presidente, com moldura de carvalho preto, que, com a ajuda do rapaz mais novo do Carter, do outro lado da rua, ele pendurou na parede do vestíbulo diante das portas de entrada.

Ele sempre via a menininha pelas janelas da biblioteca com a tia de lábios apertados e o peão desleixado que parecia acompanhar as duas com maior frequência atualmente, sempre que elas iam à cidade.

Ele tinha certeza de que a menina ainda tinha curiosidade por qualquer coisa referente à viagem do pai. Dava para perceber pela maneira como ela se empoleirava na beira da cadeira alta e traçava com o dedo as palavras e os mapas das páginas dos diários, a boca um pouco aberta.

O que ele encontrasse, sem dúvida, ia interessá-la.

Estava ali em uma das velhas gazetas: uma matéria curta sobre os grandes fósseis do Kentucky que, abaixo do comentário, trazia um desenho. Um desenho de como deviam ser as criaturas se todos os vários blocos e fragmentos pudessem ser reunidos num esqueleto inteiro e cobertos com alguma pele ou pelagem adequada.

Era uma figura cômica, tão cômica que ele mostrara à esposa: uma coisa entre um enorme javali e um cavalo muito gordo com orelhas pequenas de roedor ou carneiro, e um par de presas curvas voltadas para baixo.

Depois da última vez, ele achava pouco provável que a garota voltasse à biblioteca.

No passado, porém, ele nunca achara que um fracasso significasse necessariamente o fim de alguma coisa. Outras oportunidades sempre acabavam se apresentando, bastava estar alerta, e ele agora tinha a sua turma na igreja, para crianças, o pastor agradecia a sua ajuda; parecia possível que em algum momento do futuro ela comparecesse e se juntasse a ele no quarto dos fundos com as outras crianças, enquanto o pastor e os membros adultos da congregação, como sua esposa e a tia dela, tratavam de seus assuntos.

Ele guardou o desenho do monstro ridículo no bolso do colete. No momento certo, ia mostrá-lo a ela; dar-lhe um pouco e prometer mais.

Ele estava começando a temer que nunca os encontraria.

Que não estavam lá, em absoluto. Que qualquer que fosse o mistério que os envolvia, seu desaparecimento estava enterrado no solo salobro e sulfuroso do leste, com aquele naufrágio de presas e ossos sobre o qual tinha lido no jornal; que, fosse qual fosse o mistério, nunca o descobriria.

Não muito tempo antes, houve breves momentos em que teve certeza de que ia topar com eles afinal: um movimento grande e repentino à frente, uma frenética perturbação nas árvores, ramos arrancados e quebrados, uma chuva de gravetos, um farfalhar, um sacudir, uma espécie de ruidosa mastigação.

Ele fazia sinal para o rapaz parar, punha o dedo nos lábios, o coração batendo depressa, todas as árvores sacudindo as folhas e galhos, madeira que caía, então... ah.

Apenas o vento.

Apenas o rolar do trovão, a chuva fustigante, os raios ao longe: um espetáculo de luz branca estralejando no céu escuro.

Começou a sentir que podia ter rompido sua vida nessa viagem, que devia ter ficado em casa com o pequeno e conhecido em vez de estar ali com o grande e desconhecido.

Agora, havia momentos em que ele parava, olhava em torno as pedras fantásticas, a relva trêmula, e se perguntava como era possível estar ali em tal lugar. Havia momentos em que o vapor subia de dentro da terra em colunas retorcidas; em que a pradaria luxuriante ao redor deles tremulava e flutuava como o oceano abaixo de rochas esculpidas.

Uma manhã, quando partiram, ele parou depois de apenas alguns passos, tomado pela aquosa cintilação do vazio à frente. "Às vezes, Velha", disse, suavemente, "eu sinto que estou em pleno mar."

Intrigava-o a aparição intermitente de nativos agora, embora por essa altura tivesse passado a aceitá-la: a presença de gente no vasto sertão em torno deles. Mesmo acostumado ao ritmo da viagem — que ele e o rapaz pudessem viajar durante um mês sem ver ninguém, e depois, de repente, inesperadamente, encontrar um grande acampamento, ou um grupo de selvagens andando ou pescando. Crianças ruidosas ou homens cujos corpos rebrilhavam de óleo e carvão, mulheres carregadas como mulas com fardos de carne de búfalo. Toda a massa deles ao mesmo tempo, indiferenciada e estranha, e de súbito presente entre a relva áspera e as árvores, as rochas e o rio, debaixo do céu imenso. Todos querendo tocar seu cabelo vermelho. Metade deles fascinada pela bússola, a outra metade tentando examinar a faca e o conteúdo do baú de lata. Todos com medo de suas armas e dispostos a trocar um pouco de carne crua por alguns de seus tesouros.

Mais e mais vezes se via pensando em sua casa baixa de três cômodos, com o padoque cercado, o caminho de pedras na frente, a cabana surrada de Elmer Jackson ao leste, atrás do bosque de bordo, a linda casa de tijolo dos Gardiner e, um pouco ao norte, a casinha arrumada de Julie que ela havia fechado para ir cuidar de Bess. Pensou no caminho para a cidade. A pequena rua principal com suas lojas e tavernas, a loja de Carter, a biblioteca, a igreja e a casa do pastor. Visualizou toda a gente que conhecia, cuidando da própria vida ali.

Para animá-lo, pensava em sua história favorita dos diários da expedição do presidente: que o mais velho dos dois oficiais, o capitão Clark, tinha levado com ele um criado negro: um negro sólido, de boa constituição, chamado York. Tão fascinados ficaram os índios pela pessoa extraordinária de York, tão ansiosos por tocar sua pele cor de carvão e os cabelos curtos como musgo para ver se eram de verdade, tão desejosos de estar perto dele, que a expedição se preocupou com sua segurança, temendo que os nativos pudessem tentar roubá-lo. Na ocasião, sua curiosidade e seu maravilhamento eram tão grandes que eles fizeram outra coisa: mandaram uma de suas mulheres para se deitar com ele, porque estavam ansiosos para ter um bebê ao menos parcialmente negro que fosse deles, uma lembrança duradoura de que ele efetivamente estivera entre eles.

Bellman adorou essa história, sentiu-se fortalecido por ela, pela ideia de que, qualquer que fosse sua noção do mundo conhecido, sempre havia mais alguma coisa com que você nunca tinha sonhado.

Ele olhou o rapaz que cavalgava a sua frente, perguntou-se se ele algum dia tinha visto um humano negro, em seu tempo com Devereux ou antes, e, se não, o que faria se visse um. Se ia pegar o arco, se esconder de terror debaixo do choupo mais próximo, espetar o dedo em sua boca ou tocar sua pele preta para ver se a tinta saía.

À noite, à luz do fogo, ele observou as sombras que iam e vinham no rosto iluminado do rapaz, que lhe parecia ao mesmo tempo jovem e muito antigo, e pensou: *como é ser você?* Sentiu de novo o peso vertiginoso de todo o mistério da terra e tudo o que há nela e além. Sentiu o ressurgimento de sua curiosidade, de seu desejo, e ao mesmo tempo sentiu-se mais e mais temeroso de que nunca viesse a encontrar o que viera procurar, de que os monstros, afinal, pudessem não estar lá.

Acompanhou com o dedo o desenho de flores que contornava a circunferência do dedal de Elsie, redondo como o mundo, e desejou estar de volta em casa. Com o polegar, esfregou o metal fosco, esverdeado, fechou os olhos, pensou em Bess e desejou; abriu os olhos para o deserto sem árvores a que tinha chegado, com o rapaz que se movimentava pelo acampamento, arrumando tudo, suspenso acima do caldeirão no fogo.

Tentou sufocar os pensamentos. Continuar a pensar nas feras gigantescas e fazer a si mesmo as perguntas que fossem surgindo.

Eram mansas ou ferozes?

Solitárias ou sociáveis?

Acasalavam-se para sempre?

Reproduziam-se com facilidade ou com dificuldade?

Cuidavam das crias?

Mas esses últimos pensamentos, quando vieram, produziram uma pontada, uma dor, e com o passar dos meses desde que deixara o acampamento do comerciante de peles com o rapaz índio e eles continuaram rumo ao oeste, ele se viu pensando cada vez menos nas enormes criaturas e cada vez mais em Bess. Ele se viu preocupado com a possibilidade de, se seguisse mais adiante, nunca mais conseguir voltar para casa; ele se viu pensando se a sua busca pelos monstros desaparecidos podia ter sido realizada a um preço alto demais.

"Você fez *o quê?*"

A voz de Elsie lhe vinha às vezes e ele se via tentando explicar por que parecera tão importante vir e por que, na época, não parecera uma coisa terrível abandonar Bess por tanto tempo.

À noite, deitado com o casaco junto ao fogo do lado oposto ao rapaz, pensava em sua menininha e via imagens dela atrás dos olhos fechados. Bess nascendo, Bess acariciando o focinho de sua mula favorita, a sussurrar em sua orelha comprida. Bess acenando para ele na varanda feito um moinho no dia em que ele partiu.

Quanto tempo você vai ficar longe?

Um ano pelo menos. Talvez dois.

É muito tempo. Daqui a dois anos eu vou ter doze.

Doze, sim.

Ele imaginou quanto devia estar alta, se estava se dando bem com Julie e se alguma coisa interessante ou importante tinha acontecido em sua vida desde que ele partira; se ela já pensava em ser namorada do amigo Sidney Lott, ou se ainda era um pouco nova para isso; se suas cartas tinham chegado em segurança. Ele escrevia cada vez mais para ela, toda semana, às vezes mais, e contava que estava bem, seguindo em frente, que esperava que não fosse demorar agora, que logo ia encontrar os animais, e depois disso voltaria para casa.

Mas o avanço era difícil. Durante longos trechos não havia caça e quase nenhuma madeira. Bellman e Velha de Longe passavam fome e não podiam acender fogo à noite. Marchavam através do capim rabo-de-burro e dos cardos de três metros de altura, passavam por estreitos desfiladeiros onde encostas rochosas os oprimiam de ambos os lados. Em toda a volta, o campo era árido e deserto. Cintilava com carvão e sal.

Às vezes, para ter o que fazer, Bess levava a mulinha com a mancha branca na testa pelo caminho de pedras até o rio. Às vezes a montava, às vezes caminhava ao lado do animal. Naquele dia estava montada e foram até o limite dos bordos, entre a casa e o pasto de Bellman e a cabana de Elmer Jackson à distância no lado sul do riacho. Dava para ver a vaca dele na frente do barracão que ele chamava de celeiro.

De repente a mulinha empacou e não avançava mais.

Bess bateu com a vara na anca do animal e disse "Eia, eia", mas ela não se mexeu.

"O que foi?"

Bess protegeu os olhos com a mão e olhou entre as árvores.

Durante um minuto ficou montada na mula e Elmer Jackson espiou entre as árvores. Ele se perguntou se aquela poderia ser sua chance. Deu alguns passos à frente, mas, para dizer a verdade, sentiu um pouco de medo da mula. Era o mais recalcitrante de todos os animais de Bellman, mais mal-humorada até que a mula que tinham vendido na temporada anterior. Mais de uma vez ele a vira acertar um astuto coice na anca do cavalo de que menos gostava.

Ele viu Bess virar a montaria mal-humorada e logo depois desaparecer.

Jackson engoliu em seco.

Não sabia bem como fazer, ou onde.

Mas logo, logo.

Certa manhã, com uma série de gestos lentos e decididos, o rapaz comunicou a Bellman que, se não chegassem às montanhas a tempo, teriam de parar e esperar a primavera. Ainda estavam muito longe e, se demorassem muito a passar por elas, a neve viria, não haveria pasto para os cavalos, os cavalos iam morrer e eles também.

Bellman tentou visualizar como eram as montanhas: uma longa e contínua serra de picos escarpados espetando o céu imenso.

Estava agoniado pela indecisão: se continuava a busca ou desistia como uma má empresa, voltava para trás e começava a longa viagem de volta para casa.

Achava que não queria outro inverno ali. Não conseguia imaginar acordar e encontrar a água do caldeirão congelada como uma pedra branca. Não conseguia imaginar viajar com uma crosta de gelo em cima de tudo o que usavam, em cima dos cavalos e cobrindo todas as bolsas e trouxas. Não conseguia imaginar o rangido dos cascos na neve.

Além disso, tinha outra ideia.

E se eles hibernassem?

Parecia-lhe mais que possível que os animais gigantescos pudessem ser do tipo que hibernam, que podiam querer encontrar alguma toca ou caverna quente e convenientemente espaçosa na qual, como o urso, pudessem se enterrar até o clima melhorar.

O que significava esperar até a próxima primavera antes de qualquer possibilidade de encontrá-los. Significava marchar pela neve ou construir algum tipo de acampamento semipermanente e cruzar os dedos para que ele e o menino conseguissem se alimentar. Já tinha atravessado dois longos e ventosos invernos desde que saíra de casa, e não tinha certeza se conseguiria enfrentar mais um.

* * *

Toparam com outro rio e, por enquanto, o seguiam.

Parecia levá-los para oeste, então, mesmo que os grandes animais passassem longe da água, Bellman pensou que era possível que o rio os levasse mais depressa a algum habitat que lhes era favorável.

Inverno. Ainda parecia muito longe. O calor aumentou e os mosquitos eram um tormento. Bellman se viu desejando que não tivessem se livrado da piroga ao se afastarem do Missouri. Agora daria tudo para se espremer na canoa estreita atrás do rapaz enquanto ele remava.

Comiam peixe socado e bulbos que o rapaz colhia com os pés no fundo das poças. Bellman, ainda temeroso de que o rapaz pudesse ir embora, lhe deu um fio de contas azuis, dois sinos, o dedal de cobre de Elsie e a outra agulha de tricô.

Depois de várias semanas, as duas margens do rio começaram a encolher até quase nada, faixas estreitas de terra e imponentes rochedos os cercavam dos dois lados. Eles chapinhavam pela água, levando os cavalos. Então os rochedos ao lado do rio recuaram, o solo se aplainou e eles seguiram montados. Quando Bellman estava muito dolorido para cavalgar, arrastava-se sobre as pernas fracas com as botas gastas na terra dura, cozida.

E então ele adoeceu.

O peixe socado o fazia vomitar, a menor quantidade o deixava curvado em espasmos. Suas fezes eram de um branco terrível, secas e farelentas. Não conseguia mais caçar. O rapaz fazia tudo. Usava o arco, como sempre, mas também as duas armas, e agora tinha a faca e a machadinha, ambas enfiadas na cintura de sua tanga. Tirava o couro, cortava a carne, até afiou as duas agulhas de tricô e as usava para raspar o tutano dos ossos.

A carne de Bellman começou a desmoronar e uma manhã ele acordou numa ilha no meio do rio onde Velha de Longe havia armado o acampamento. Areia fina voava dos bancos de areia e formava nuvens tais que Bellman mal conseguia enxergar. Bellman ficou deitado, observando com olhos inchados e ardidos o movimento dos salgueiros contra o céu, não conseguia se levantar.

Tinha consciência dos movimentos do rapaz pelo acampamento, sentia sua presença como uma sombra suave.

Como é ser você?, pensou ao observar o rapaz realizando suas tarefas. Bellman se lembrou de ter desejado fazer ao rapaz a mesma pergunta uma vez antes, meses e meses e meses antes, e agora ela lhe voltou. Teria lhe perguntado de fato naquela época? Teria feito a pergunta em voz alta? Podia ter feito, sim, não tinha certeza.

Se tivesse feito e o rapaz tivesse entendido, qual teria sido a resposta?

Difícil dizer.

Afinal, ele tem apenas dezoito anos. Uma confusão de sentimentos.

Talvez o melhor que se pudesse dizer é que ele tem raiva pelo passado, mas ambição quanto ao futuro. Impossível dizer qual impulso acabará sendo o mais forte ou se as duas coisas estão simplesmente ligadas e inseparáveis dentro dele; a essência de quem ele é.

Talvez a coisa mais verdadeira que se possa dizer seja que tudo o que faz ele espera que seja para o melhor.

Ficaram ali uma semana e, ao anoitecer do sétimo dia, o rapaz trouxe um esquilo. Ele o cozinhou no caldeirão, desfiou com os dedos e pôs os fiapos de carne na boca enegrecida de Bellman, mas ele sentiu náusea e engasgou.

Naquela noite, Cy Bellman ficou deitado, pensando no longo caminho que havia percorrido.

De todos os seus vários encontros, um ficava lhe voltando à cabeça: o encontro em uma das balsas com o agente imobiliário holandês que concordara em levar algumas de suas cartas a St. Louis. Bellman contara a ele sobre sua busca e usara as mesmas palavras que tinha lido no jornal: "Estou procurando uma criatura completamente desconhecida", disse, "um *animal incognitum*".

Ele só sabia as palavras porque tinha lido no jornal e se perguntava agora se teria parecido muito pretensioso e convencido. Talvez tivesse.

De qualquer forma, o holandês devia ter falado da conversa à esposa, porque, quando chegou a hora de Bellman desembarcar e seguir seu caminho, ela o chamou para dizer que esperava que encontrasse os *cognitum* antes do anoitecer, que não se perdesse antes de chegar lá, e, enquanto se afastava a cavalo, ele ouviu a risada aguda e trinada dela.

Teria cometido um erro ao vir para a América? Ao arrastar Elsie por metade do mundo para ela morrer em lugar desconhecido? Deveria ter ficado na Inglaterra, nas alamedas estreitas e no que agora lhe pareciam os morros em miniatura de sua juventude, tudo pequeno, escuro, amontoado, e uma sensação dentro dele de que teria explodido se não escapasse?

O rapaz agora usava a blusa de Elsie; a maior parte dos badulaques que Bellman trouxera no baú de lata e nas duas bolsas, havia dado a ele, porque temia que sem eles o rapaz pudesse não ficar. Quase todas as coisas que Bellman trouxera eram dele agora, assim como todas as suas armas.

Bellman sentia-se enfraquecer mais e mais e não tinha certeza se estava dormindo ou acordado. Parecia ter esquecido o propósito de sua jornada. O que o havia atormentado em sua casinha já não assolava sua mente. A possibilidade das enormes criaturas não perturbava seus dias nem suas noites. O que ele pensava era em casa: Bess.

No pico da febre, sentia as lentas ondas quentes do sangue baterem contra alguma coisa dentro dele. Contra o quê? Sua vida? Contra as coisas que tinham acontecido nela? Contra todas as coisas que tinha e não tinha feito? Era isso que sentia dentro de si?

Ele se lembrou do momento em que a filha nasceu, da pulsação do corpo de Elsie, do limbo terrível quando pareceu que entre eles não conseguiriam resolver essa última parte: fazer Bess nascer; quando ela estava suspensa, metade fora no mundo e metade presa, imóvel, dentro do corpo de Elsie, dividida entre a vida e a morte, depois a grande sucção e o puxão úmidos, e ela estava fora, berrando, viva.

Ele relembrou as doenças da infância dela: a pele clara tomada de crostas, a garganta inchada, a tosse que soava como um animal selvagem, a língua cor de morango, coberta de pequenas saliências, os vincos na pele vermelha, vermelha nas dobras dos cotovelos e nas linhas do pescoço. Noites em que pensaram que ela poderia não resistir até a manhã. O que Elsie tinha feito então? Havia água fria e água quente, mas ele não conseguia lembrar por quê. O que sabia ao certo era que Elsie ficara sentada e punha frequentemente a mão na testa de Bess e a deixava ali, um peso firme.

Ele dormia, acordava e dormia de novo, cantava velhas canções que havia cantarolado para Bess quando ela era um embrulho macio em seu ombro. Estava com a vista escura, havia sombras e pequenas nuvens coloridas que ele achava que deviam ser o sol, as árvores e Velha de Longe.

Talvez Julie tivesse razão. Talvez ele devesse fazer alguma coisa sensata com seu tempo e, embora não pensasse em voltar para a igreja, talvez pudesse encontrar uma nova esposa. Julie tinha falado mais de uma vez de Mary Higson, a viúva do ferreiro. Talvez, ao voltar, ele devesse se casar com Mary Higson, uma mãe para Bess, os três juntos uma família; tirar mais proveito das mulas, dinheiro suficiente para contratar Elmer Jackson em tempo integral. Dentro de poucos anos, talvez, mudar um pouco mais para oeste, para algum bom ponto fértil como os que atravessara antes de cruzar o Mississippi. Ampliar para algum tipo de plantação de cereais.

Você teve tantas chances de resolver de que jeito viver sua vida. Sua cabeça girava ao pensar nisso. Machucava seu coração pensar que tinha tomado a decisão errada.

Uma coisa parecia importante até haver algo mais importante.

Ele olhou para si mesmo em um dos fragmentos de espelho que tinha no baú de lata e riu. Precisava se limpar um pouco. Visitar o barbeiro para um banho, uma aparada no bigode, cortar a barba que estava suja, comprida e cheia a ponto de esconder um passarinho.

Agora só conseguia ficar deitado no chão e abrir os olhos de vez em quando. Imagens de sua casa distante, da irmã alta e magra parada, rígida e protetora com a mão no ombro de Bess, flutuavam diante dele. Aos trancos e barrancos ele falava. A certa altura olhou as armas penduradas no peito do rapaz, o arco de nogueira, as flechas com ponta de pedra que ele sempre levava numa aljava em torno do pescoço e, embora soubesse que o rapaz não podia entender, contou-lhe que ele próprio sempre fora mais um preocupado que um soldado, e então riu da própria piada. Ideias soltas se juntavam e se separavam em seu cérebro. Uma vez ele disse em voz alta que achava que devia haver uma ordem nas coisas, mas que não conseguia vê-la. Depois disso, não falou de novo, e Velha de Longe não conseguiu acordá-lo. Quando o tocava, sua pele estava às vezes quente, às vezes fria, e o rapaz achou que o melhor a fazer era cavar um poço de fogo para que o homem pudesse entrar quando acordasse, e ali ficar de pé, respirar a fumaça, o calor, e isso o reanimaria. Tinha visto isso funcionar muitas vezes em sua vida, mas por fim Bellman voltou a si apenas ligeiramente, só o suficiente para se sentar, e deixar o rapaz passar seu braço direito sobre o ombro caído e estreito para levá-lo, meio carregado para dentro do buraco, onde ele não teve força suficiente para ficar de pé, e como, no entender do rapaz, era importante que ele ficasse de pé para tudo funcionar, Bellman ficou apoiado contra ele, dobrado e muito magro, igual ao rapaz. Suas clavículas se chocavam, a cabeça de Bellman pendeu, apoiada na curva do pescoço do rapaz. A barba vermelha de Bellman roçava o rosto do rapaz, mas ele descobriu que não se importava. Não associava mais o grande explorador com o homem branco e magro do passado. Durante uma hora talvez o fogo bafejou fumaça no poço e, por um momento, pareceu possível funcionar, mas, depois de uma hora, Velha de Longe sentiu a vida sair de Bellman, e ele estava sozinho.

"Na primavera", disse tia Julie , "você vai precisar de um vestido novo."

Iam comprar o tecido no Carter, disse ela, algo resistente e durável, e ela mostraria a Bess como cortar as partes e juntá-las. Enquanto isso, Bess ia baixar a barra do vestido atual, que estava cerzido e remendado e um palmo curto demais, agora que o topo da cabeça de Bess estava mais alto que o velho relógio de parede.

Bess sentou-se à mesa com a roupa de baixo. Havia um traço escuro, com uma crosta de pó, onde ficava a barra antiga. Ela limpou a sujeira com os dedos, alisou o tecido e costurou a nova barra o mais abaixo possível do traço.

"E passe a escova", tia Julie falou da varanda, "naquela terra de quando você ficou deitada no chão ontem."

Durante toda a tarde anterior, Bess tinha ficado nos fundos, estendida no chão úmido, granuloso, observando uma lesma seguir seu lento e obstinado caminho pela grama dura, sobre pedras, folhas caídas e ramos apodrecidos; sua trilha serpenteante, prateada, o jeito como ela parecia saber de alguma forma para onde ir e como chegar lá.

Terminou a barra com um nó e cortou a linha com os dentes. A terra do dia anterior ela deixou, pôs o vestido de novo e saiu.

Agora, todos os dias, ela recolhia os ovos que as galinhas de tia Julie botavam no galinheiro, no pasto e em seus esconderijos favoritos atrás da casa.

Quase toda manhã, os ovos eram o que ela e a tia comiam. Uma vez por semana, levavam os que sobravam para a cidade, onde Carter os comprava, ou os trocavam por óleo, linha, sal ou, às vezes, por um saco de frutas, se tia Julie ia fazer uma de suas tortas.

Era mais difícil que antes, morar com a tia Julie, porque, embora Bess não gostasse dela nada mais do que gostava antes, sentia necessidade de ficar junto dela agora. Sentia-se mais segura quando a tia estava por perto; gostava que ela estivesse sempre na casa quando Elmer Jackson vinha.

Então uma manhã tia Julie falou que o novo vitral da igreja tinha chegado de navio de Banff, na Escócia.

Atravessara o oceano Atlântico e por terra viajara dentro de uma moldura de madeira numa diligência desde o litoral.

Haveria uma pequena festa de recepção, ela disse, mas sem crianças: os painéis coloridos, disse a Bess, mostravam Moisés Resplandecente e seria uma coisa terrível se tivesse feito todo aquele trajeto para acabar quebrado em mil pedaços por uma criança indisciplinada.

"Eu não sou criança, tia Julie."

"Não, Bess, ainda é uma criança, e o pastor disse que não quer pessoas com menos de quinze anos." Ela disse que esperava voltar antes do anoitecer, mas, se tudo mudasse e ela se atrasasse, que Bess deixasse seu jantar na mesa coberto com um pano e não a esperasse. Ao final da trilha, ela encontrou Helen Lott e o marido, Gardiner, e, juntos, começaram a longa caminhada até a igreja.

Elmer Jackson observou Julie sair.

Esperou umas duas horas, para o caso de a tia ter esquecido alguma coisa e voltar. Depois, pôs o chapéu e foi até lá; parou no portão do pasto para ter certeza de que estava fechado porque tinha uma estranha sensação de que a mula de que a menina tanto gostava, aquela com o coice violento e imprevisível e a mancha branca na testa, poderia achar um jeito de interferir. Amarrou a corda que estava ali para fechar o portão e, satisfeito com o trabalho, virou-se e seguiu para a casa.

O rapaz disse a Devereux que tinha acendido uma fogueira e cavado um poço.

Segurara o homem branco nos braços e o deixara respirar a fumaça, mas ele morreu mesmo assim.

Tinha enterrado a grande sela de couro com ele, assim como as botas e uma quantidade de papel não usado, porque pareceu importante colocá-lo no chão com alguma coisa pertencente a ele.

Todo o resto, como o comerciante de peles podia ver, ele havia trazido: a faca, a machadinha, as duas armas, uma lima de metal, o casaco de lã marrom, os anzóis e o que sobrou do tabaco, o baú de lata com o que restava de seu tesouro, o chapéu preto alto, o cobertor, o caldeirão, as duas bolsas de couro, a mochila com a longa correia afivelada, os papéis desenhados e os que tinham a mesma coisa repetida que era como duas montanhas juntas, um olho, duas cobras exatamente iguais, de que ele gostou e que, por causa da repetição frequente, considerou ser de algum significado.

BessBessBessBessBessBessBessBessBessBessBessBessBessBessBess

Ficou também com o cavalo preto de rabo marrom. O dele foi trocado por comida na viagem de volta porque durante um longo tempo não tinha havido caça nem peixe. Devereux viu que tinha também o tinteirinho, que ficara preso na lapela do casaco do homem; ele o usava atrás da orelha, como uma flor.

O comerciante de peles pressionou mais o mosquete no rosto do rapaz. Ele não sabia no que acreditar. Pisou na mão do rapaz e ouviu os ossos estalarem. O rapaz ganiu.

"Me diga a verdade. Você matou ele?"

"Não."

Tudo aconteceu exatamente como descrevera, disse o rapaz. Devereux grunhiu.

Folheou os papéis de Bellman que restavam, seus desenhos de plantas, flores, árvores, uma ou outra ave ou criatura. Uma lebre, um sapo com chifres, alguma espécie de urubu. Havia amostras secas entre as páginas, notas escritas em uma série de frases com garranchos e erros de ortografia, vários desenhos com as linhas pontilhadas de sua rota. Cartas para a filha. Absolutamente nenhuma indicação de que tivesse encontrado as criaturas gigantescas que procurava.

Devereux visualizou de novo as feições grandes e francas do homem ruivo, a espessa barba retangular, ficou comovido.

Lembrou a seriedade com que Bellman falara das grandes feras e da missão de encontrá-las, e se viu estranhamente tocado pela notícia de sua morte. As cartas eram cheias de louca esperança e de uma espécie de perturbada curiosidade, as últimas contavam à filha que esperava logo encontrar os animais e então partir para casa. Seria bom vê-la, diziam as cartas. Ele esperava que tia Julie estivesse bem e que Elmer Jackson não tivesse se revelado um vizinho muito incômodo.

O comerciante de peles sentou-se com a pilha de anotações e desenhos, analisou as coisas que restavam da busca insana do homem. Algumas cartas para a filha eram páginas soltas numeradas com o nome da menina na primeira página. Outras já estavam dobradas em quadrados gordos, amarradas com barbante, e na capa, com a letra grande de Bellman, algumas linhas indicavam a localização de sua casa nos Estados Unidos. Tudo isso provocou em sua mente uma imagem da menininha à espera da volta do pai, a ríspida irmã velha que talvez fosse mais branda por dentro do que era por fora. Ele se lembrou das cartas que havia prometido enviar mas tinha esquecido.

Bem, ia mandá-las agora para St. Charles com estas novas, junto com as anotações e desenhos, por Hollinghurst, quando ele fosse embora.

Disse ao rapaz que podia ir, podia ficar com a blusa e as contas vermelhas por seu trabalho. O casaco e o lindo dedal de cobre ele teria de tirar e deixar com todo o resto na pilha ao lado do chapéu do homem morto.

O rapaz olhou para ele, truculento, e não se mexeu.

Disse que as coisas do morto eram suas, por todos os serviços que tinha prestado.

Devereux passou a mão pelo rosto e suspirou.

Não, ele disse, não são. As coisas estavam sob sua custódia agora, todas menos as cartas e os desenhos que ele ia mandar com o sr. Hollinghurst, que, por acaso, ia para o leste de manhã. O sr. Hollinghurst faria o possível para que voltassem para a filha.

O rapaz projetou o lábio inferior. Parecia muito ofendido. Deu um passo à frente. Disse que se Devereux o deixasse ficar com o tesouro do baú de lata, uma das duas armas, a machadinha, o chapéu alto do morto, seu casaco, a flor de metal com o espeto, ele iria em lugar do sr. Hollinghurst. Conseguiria encontrar o caminho se o descrevesse para ele. Levaria todos os papéis e entregaria à menina.

Devereux sugou o ar pelos dentes.

Sentia-se culpado por não ter mandado as cartas, sim. Sua mãe teria chamado isso de pecado de omissão e ele queria se corrigir. Mesmo assim, tinha um olho comercial sobre o equipamento que o índio de pernas arqueadas trouxera de volta. Já estava contando o número de peles escuras e brilhantes que receberia em troca até o fim da semana.

"Não", disse.

Falou para o rapaz que não precisava de seus serviços dessa vez. O sr. Hollinghurst faria o que precisava ser feito.

"Vá embora. Xô!"

Mas o rapaz não se mexeu.

Disse que o faria por menos. Faria por uma das armas, pelas contas azuis, blusa, casaco e chapéu preto alto.

"Ah, essa gente", pensou Devereux.

Havia alguma coisa que não fizessem em troca de uma arma usada, uma roupa colorida e um punhado de lixo brilhante?

Olhou para o rapaz, os ombros caídos, os olhos escuros como sementes, as fitas, as contas, a blusa imunda de mulher que ele disse que o morto havia lhe dado por ajudar na viagem. Estava mais magro do que antes, muito sujo e havia algo indizivelmente indecoroso e indigno nele vestido com a velha blusa de algodão. Na ponta de uma das tranças havia um pedacinho de espelho ao lado do dedal de cobre. Amarrado na outra estava o lenço imundo que Devereux se lembrava de Bellman ter dado ao rapaz no começo de tudo.

Devereux hesitou.

Ah, que se dane.

Talvez houvesse uma vantagem em sua ida. O jeito dele fazia Devereux pensar que podia ser uma opção melhor que qualquer arranjo feito por Hollinghurst em St. Charles: as cartas extraviadas, entregues à pessoa errada, abandonadas ou esquecidas uma segunda vez, e não queria que isso acontecesse, não queria mesmo. Sentia-se mal por não ter enviado as cartas de Bellman na primavera conforme prometera. Era muito possível que o rapaz fosse um mensageiro muito mais confiável do que Hollinghurst.

"Tudo bem, combinado."

Ele podia ficar com o casaco do morto se fosse, e o resto do tesouro: os pedaços de fio de cobre, os lenços restantes, o espelho, uma das agulhas de tricô, mas não ambas, e todas as contas brancas e vermelhas restantes, menos as azuis, e Devereux ainda forneceria um rolo de tabaco e um pouco de rum. E podia ficar com a blusa.

O rapaz não respondeu. Ficou parado. Parecia estar refletindo sobre a proposta. Ele disse que iria se pudesse ficar com uma das armas também.

Devereux balançou a cabeça.

"Não."

Então o chapéu, disse o rapaz.

Ah, o chapéu!

O comerciante de peles olhou bem o rapaz, pensando se ele teria esperado para pedir o chapéu porque era o que mais queria.

"Pode ficar com o chapéu quando voltar. E com a arma." A arma mais velha e o chapéu seriam dele quando voltasse.

"*Entendu?*"

O rapaz olhou para os próprios pés. "*Entendu*", disse, baixo. *Entendido*. Era uma das poucas palavras que conhecia em francês.

Então, no verso de um dos desenhos do morto e com a tinta do tinteirinho que estivera atrás da orelha do rapaz, Devereux escreveu para Bess, em inglês.

Disse que esperava que a chegada das cartas e papéis de seu pai fosse um conforto.

Disse para ela não deixar de mandar resposta por escrito pelo índio para mostrar que tinha recebido aquilo.

"Para eu saber que você foi", ele disse ao rapaz e olhou para ele enquanto escrevia o recado para Bess. "Para eu saber que você simplesmente não jogou as cartas do homem no rio e fugiu com tudo isto aqui." Entregou sua carta a Bess para o rapaz e viu quando ele a pôs na bolsa junto com as outras.

"O sr. Hollinghurst vai partir para St. Charles amanhã", disse ele. "Você pode ir junto, e de St. Charles o sr. Hollinghurst vai indicar para você qual é o resto do caminho." Fez uma pausa. "Pode levar a bússola do morto." Devereux curvou-se e pegou no baú de lata o pequeno objeto de ébano do tamanho de uma ameixa e pôs na mão do rapaz, explicou como funcionava e tocou o ponto importante que ele devia seguir em relação à flecha.

"Não é um presente", disse. "É um empréstimo, e vou querer que devolva quando voltar com o pedaço de papel da menina."

O índio de ombros estreitos girou a bússola na mão. Devereux não sabia dizer se ele a considerava útil ou não. Mesmo assim, o rapaz fechou os dedos em torno dela e recolheu a miscelânea de objetos que Devereux disse que seriam dele se fizesse a viagem ao leste para entregar as cartas e os papéis do morto à sua filha. Devereux viu quando ele deu um último olhar cobiçoso para o chapéu e para a arma que lhe prometera quando voltasse, então o sr. Hollinghurst veio, e logo depois foram embora, os dois seguindo em seus cavalos na direção leste.

Ah, bom, vale a pena tentar. Devereux calculava em cinquenta por cento a chance de ver o rapaz novamente.

Em St. Louis ele sentiu o cheiro de cerveja, uísque, farinha e ferro derretido. Era o lugar mais barulhento e lotado que já tinha visto. St. Charles, quando chegaram lá, era mais sossegado, mas mesmo assim o assustava a ideia de estar sozinho ali.

Não tinha nenhuma simpatia pelo sr. Hollinghurst, que, ao longo dos anos em que o conhecia, tinha sido ainda mais mesquinho que Devereux e sempre lhe parecera muito mais duro quando estava zangado. Mesmo assim, lamentou quando o sr. Hollinghurst se voltou para ele em St. Charles e disse: "Vou deixar você agora, então preste atenção, vou dizer como você tem de ir".

Assim como Devereux, ele sempre falava com o rapaz na língua dele.

"Isto", disse Hollinghurst, e bateu a bota no chão, "é *aqui.*"

Falou devagar e alto, como se falasse com uma criança idiota. "Agora, me dê a fita verde do seu cabelo, esse colar comprido de contas azuis que tem aí e o colar de contas brancas."

Como o rapaz hesitou, Hollinghurst revirou os olhos e ficou irritado. "Não se preocupe, só vou pegar emprestados para mostrar o caminho que você precisa seguir e devolvo depois. Agora, me dê."

Ele viu os dedos compridos do comerciante de peles arrumar no chão as coisas que tinha lhe dado, de forma que as contas azuis se afastavam da ponta de sua bota, as brancas partiam da ponta das azuis e a fita verde fazia uma curva separada mais adiante. "Então. Primeiro você vai seguir o rio Ohio aqui", Hollinghurst apontou as contas azuis, "que vai te levar até a Pensilvânia. Depois vai continuar ao longo dos Alleghenies, e ao longo do ribeirão Mahoning", as contas brancas, "e pular para o braço oeste do rio Susquehanna", a fita verde, "e aqui", ele tocou um ponto abaixo da fita com a ponta da bota, "fica a casa do seu homem morto."

O comerciante falou de coisas que devia procurar, da forma das grandes montanhas que ia encontrar antes do rio Susquehanna, de certas colinas e florestas ao lado de rios, da aparição ocasional de grupos de casas de tijolos e madeira, da posição provável da casa do homem morto, num vale depois de uma cidade de tamanho médio.

O rapaz assentiu. Envergonhou-se de não conhecer ele próprio o território; de não ter lembrança dele.

O sr. Hollinghurst disse que esperava vê-lo de volta ao posto comercial bem antes do começo do próximo inverno. "Certo?"

"Certo", disse o rapaz.

Durante um longo tempo antes de St. Louis e St. Charles, ao viajar ao lado do sr. Hollinghurst, havia gente que parecia com ele. Ao longo de rios menores encontravam com eles todo o tempo, batalhando por dinheiro de pedágio ou bens em troca de fazê-los atravessar onde queriam pelos lugares menos difíceis. Pouco antes de chegarem a St. Charles, todo um bando apareceu montado a cavalo, envoltos em seus cobertores vermelhos, e durante algum tempo depois disso viram acampamentos e aldeias. Agora, ao seguir cada vez mais longe para o leste, ao passar pelas montanhas e atravessar amplos vales, parecia não haver ninguém.

Ele montava em pelo, quase sempre à noite, o comerciante de peles lhe dissera que não seria bem-vindo na direção que seguia. Atravessados no peito, usava seus vários colares, o arco de nogueira, uma aljava de couro com correia que continha suas flechas e os papéis.

"Estou num mundo diferente", disse a si mesmo.

Mesmo no escuro ficava aflito com a possibilidade de ser visto. Quando via uma luz, ou a forma mais escura de uma casa adiante, ouvia o bufar de gado, o latir de cães, ou qualquer som que sugerisse ocupação ou assentamento, fazia um grande arco em semicírculo, contornando. O tempo estava bom. A pouca chuva que havia era durante o dia, enquanto ele estava dormindo, ou em breves pancadas. Lentamente, dia a dia, noite a noite, semana a semana, ele seguiu rumo ao leste.

A bússola que o comerciante de peles lhe dera não tinha utilidade, porque ele tinha a música do rio e a brilhante configuração das estrelas, mas a levava na mão porque gostava de sua beleza e desconfiava que ela possuía algum poder secreto que o comerciante de peles não lhe contara; que de alguma forma era viva. Gostava do jeito como a agulhinha tremia debaixo da cobertura transparente, como seu próprio coração quando ele estava caçando ou esperando com o anzol que algum peixe mordesse.

Os papéis do morto se mexiam e estalavam contra seu peito ao prosseguir. Havia momentos em que parecia vê-lo de novo, escrevendo, a ponta da pena quase careca molhada na tinta, o som que era como o raspar das garras de uma criatura pequena numa folha ou na casca lisa de uma árvore.

Agora pertenciam à filha, dissera o comerciante de peles, e o rapaz estava satisfeito de não ter nenhum uso para eles, nenhum desejo de possuí-los porque significava que não ia se importar de entregá-los. Verdade que ele gostara das figuras — os desenhos de árvores, flores e plantas — e do padrão de marcas com as colinas ao lado, os olhos e cobras que Devereux dissera significar o nome da filha do morto. Aquilo também era marcante e agradável. Mas não desejava nada daquilo como desejava a arma, o baú de lata, o chapéu ou a blusa. Ainda estava zangado com Devereux por conservar tanta coisa do tesouro do morto para si mesmo e, ao rumar para o leste, se perguntava se o mesquinho comerciante de peles tinha alguma intenção de lhe dar o lindo chapéu. Pensou muito nisso enquanto seguia quilômetro a quilômetro na escuridão da noite. Talvez pudesse tentar manter a bússola; se Devereux tentasse ficar com o chapéu, ele se recusaria a devolver a bússola.

A terra que atravessava era macia e fértil. Havia trigo, cânhamo, algodão e todo tipo de fruta.

Ele passou por diversas cidades menores que St. Charles, mas tinham todas as coisas que tinha visto em St. Charles, com muitas casas, tavernas, moinhos, igrejas, fazendas. Mesmo no escuro, quando as contornava, dava para dizer que os lugares eram movimentados e cheios de gente. Todas as casas eram feitas de madeira, tijolo e às vezes de pedra. Grandes e sólidas. Depois, florestas e campos cultivados, muitas colinas, então mais cidades, casas de fazenda e estradas. Em seguida, às vezes por longos trechos, nada — uma cabana de troncos, uma casa grande. Vacas, carneiros, porcos. Dos fundos de uma casa grande ele pegou vegetais e um frango. Mas no geral caçava e colhia o que encontrava. O vento soprava do oeste e era muito brando. Nas estradas, havia carroças cheias de gente e bagagem. Grande parte do tempo, a viagem era muito dura, porque o cavalo cambaleava por longos trechos de pedra calcária. Ao lado dele, altas encostas cobertas de árvores e arbustos erguiam-se do rio.

Quando chegou ao Susquehanna, havia uma ponte semiconstruída e, de seu esconderijo, viu pessoas atravessarem num barco chato impulsionado com varas por quatro homens. Ele esperou nos pinheiros. Estava escuro e enevoado. Aguardou até a noite e atravessou o rio com água até os ombros, o cavalo flutuando e nadando na rápida correnteza.

Depois da ponte, mais casas, tavernas, moinhos, igrejas, fazendas.

Pensava sempre no homem branco morto e em como, no começo, ele havia sido mesquinho igual ao comerciante de peles, e foi menos a partir do dia em que gritara com ele por experimentar o chapéu alto. Depois disso, tinha vindo um bom momento, o explorador o recompensava de vez em quando com algum pequeno objeto novo enquanto viajavam debaixo de chuva e do calor tórrido em direção ao sol poente, na busca pelos animais fabulosos.

Durante um longo tempo, depois de começar a viagem solitária na direção de Devereux, Velha de Longe sentira saudade de Bellman, caminhando com suas grandes botas, ou em seu cavalo preto, oscilando de um lado para o outro, a sela de couro que rangia e estalava, molhando a pena no tinteiro do casaco e, mais e mais, perto do fim, com paradas repentinas para se sentar imóvel, como se não conseguisse pensar no que fazia ou como havia chegado aonde estava; à noite, brincava com o pequeno enfeite de cobre e se mexia e murmurava no sono.

Velha de Longe ainda sentia falta da cantoria rachada, baixa, que ouvira perto do fim, e havia dias em que pouco antes do amanhecer ele rastejava entre as árvores, amarrava o cavalo, se encolhia nas folhas e tentava lembrar do canto.

Pensava nos desenhos que o morto fazia na terra.

As quatro patas como árvores gigantes, os corpos monstruosos e as grandes presas curvas. Era verdade o que tinha dito a Devereux, que nunca tinha visto nada semelhante à criatura que o homem desenhava na terra.

Mas tinha ouvido falar delas.

Desde que se lembrava, ouvira histórias sobre as vastas criaturas que comiam gente: seu povo tinha visto seus ossos onde viviam no leste, afundados no barro macio, salobro, de um vale frondoso. Talvez os mesmos sobre os quais o explorador grande, de cabelo vermelho, havia lido. Mas o que lhe disseram era que os monstros tinham desaparecido — que desapareceram para sempre quando o Grande Espírito, o Grande Deus, destruiu os imensos animais sanguinários com raios e trovões porque os bichos comiam sua gente.

O que levantava a pergunta: por que o Grande Espírito não destruía os colonos brancos do outro lado do mar do jeito como havia destruído os animais gigantes?

Ele fizera ao pai a mesma pergunta no dia em que embalaram suas coisas e começaram a deixar o leste, e seu pai dera de ombros. Disse que o mundo era cheio de mistérios e que era preciso ser paciente, que de agora em diante tudo o que podia dizer era que tinham lutado e perdido, e a melhor coisa a fazer era ir embora com as coisas que lhes deram.

No escuro, ele prosseguiu por caminhos estreitos e estradas ruins por morros e pedras, velhas árvores e rios, atravessou nuvens de insetos. Se havia algum vestígio de sua gente ou de outros como ele, que vivessem tranquilamente nas florestas, ele não os viu.

Ele pensava na irmã, nos colonos e nas coisas que tinham sido metade do que foi prometido pelo governo a seu povo para deixar suas terras no leste e concordar em mudar para o oeste. Ele também pensava no velho, dos tempos em que era menino: seus alertas contra estabelecer qualquer tipo de comércio com qualquer homem branco, sua profecia de que, se o fizessem, seria o começo do fim.

Velha de Longe ainda não sabia bem o que pensar.

Mas de uma coisa tinha certeza: não existia nenhum Grande Espírito. Nenhum Homem Grande no Céu cuidando deles. Se existiu um dia, não existia mais.

Ele gostava muito do cavalo do homem morto. Tinha uma cor mais bonita que a do seu velho e ia mais depressa. Às vezes, para se animar, ele encostava a boca em sua orelha macia, em forma de folha, e sussurrava: "Lembre, não existe nenhum deus. Só temos a nós mesmos e mais nada".

Ao seguir para o leste, sentia nos ombros o peso agradável do casaco do morto, a linda e macia blusa listrada se erguendo com a brisa. Pensou no chapéu alto e na arma que seriam dele se entregasse as cartas à menina, contanto que o comerciante de peles não o enganasse. Não parecia errado desejar nenhuma dessas coisas. Ele era pequeno e seu nome não era bom, mas agora, montando o excelente cavalo do homem branco morto, vestido com suas roupas e com mais coisas por vir, não se sentia nada bobo. Sentia-se grande e decidido. Sentia-se inteligente e aventureiro. Sentia-se alguém, numa missão que o diferenciava de outras pessoas.

A viagem para o leste, porém, era longa e difícil.

Durante o dia, escondido na floresta, ele dormia e ao acordar no crepúsculo, quando havia ainda alguma luz, pegava as cartas do morto. Gostava do estalar das páginas, dos desenhos de árvores, plantas e animais. Era chato não conseguir ler o que diziam. Revirava aquelas coisas secas, desenhadas e se perguntava que mistérios conteriam. Teria gostado que Devereux ou o sr. Hollinghurst o tivessem ensinado a ler. Teria gostado que o tivessem instruído nas línguas de ambos, mas tinham sempre falado com ele em sua língua. Pareciam desejar que suas línguas continuassem secretas, duas armas que não queriam entregar.

Pelo tempo que passara com o morto, o rapaz era capaz de dizer que a língua que ele falava era mais ou menos a mesma que a do sr. Hollinghurst. O explorador grande tinha falado muitas vezes em voz alta nessa língua, como se esperasse que um dia o rapaz conseguisse entender tudo, mas Velha de Longe não entendera quase nada das palavras em si, apenas um punhado aqui e ali, conhecidas através do sr. Hollinghurst. Conseguia saber quando o homem grande estava zangado, triste, excitado ou inseguro, mas o pouco que sabia da língua do homem não era suficiente para fazer sentido para ele e não havia algo que o ajudasse a entender o que estava escrito nos papéis. A única coisa que sabia, porque Devereux tinha lhe contado: que a figurinha repetida que aparecia no alto de muitos papéis significava a filha.

* * *

Velha de Longe não reconhecia a terra de sua infância. Era apenas vagamente familiar, de um jeito remoto, distante, como algo semipercebido num sonho que escapara no momento em que acordara. Os novos e variados verdes das árvores de verão, o tom azul-esverdeado e escuro do rio, o ligeiro afundar dos cascos do cavalo na terra rica abaixo deles a cada passo que davam na direção que tinham mandado que seguisse — tudo isso parecia pertencer a um mundo que de alguma forma mudara e fora remodelado entre estradas, prédios e campos pelos quais passava, de forma que não conseguia mais decifrá-lo.

Tinha ficado assustado com o que o comerciante de peles lhe dissera, que as pessoas não iam gostar de vê-lo em lugares onde esperavam que toda gente como ele tivesse ido embora. Era difícil caçar no escuro, e ele sentia muita fome. Quando estava quase chegando, só lhe restava uma flecha, o resto se perdera na noite em busca de um ruído ou estalo de algo bom para comer, e não as encontrara de volta, a última usara em um guaxinim que espreitara entre as folhas e que fugira antes que ele conseguisse pegar, a flecha cravada nos quartos, sacudindo no crepúsculo até sumir, e agora não tinha nada com que matar sua comida ou se defender. Tinha medo do homem branco, de suas armas. Queria ter conseguido de Devereux uma das armas do homem morto. Ele adorava armas. Sentia-se muito sozinho, a única companhia era a agulhinha azul no estojo de madeira que tremulava junto a seu coração.

BessBessBessBessBessBessBessBessBessBessBessBessBessBessBessBessBess

Olhou para aquilo agora, as montanhas de lado, os olhos semicerrados, as duas cobrinhas se contorcendo. Em sua cabeça, nenhuma imagem da menina mesmo. Seus sonhos, uma confusão de tudo: Devereux, Hollinghurst, o morto, a filha do morto, o equipamento do morto, as grandes trouxas que continham metade do que haviam prometido a seu povo, os rios, florestas e jardins de sua infância, milho, feijão, abóbora amadurecendo ao sol, o colono branco magro que levara sua irmã, as advertências do velho. Montanhas, olhos, cobras e tudo o mais que acontecera em sua vida até então e ainda podia acontecer no futuro. De novo, de novo e de novo.

Desde o bibliotecário, Bess tinha ficado com cada vez mais medo de Elmer Jackson e não tinha certeza do que ia acontecer agora que o via chegando, mas achava já saber havia algum tempo que, mais cedo ou mais tarde, alguma coisa aconteceria, era apenas questão de tempo.

Ele agora aparecia sempre, para fazer algum conserto ou ajudar a tia Julie com as mulas, mas nunca antes viera quando tia Julie estava ausente e a palavra *cobrir* veio à mente de Bess: uma imagem do que acontecia quando o garanhão cobria as jumentas, e como as jumentas às vezes fugiam e Elmer Jackson tinha de ir atrás delas para trazer de volta, e o que acontecia então e como as jumentas quase sempre se punham num canto do campo, com a cabeça baixa e parecendo arrasadas.

Agora ele a tinha presa contra a parede com o braço em sua garganta.

Com a respiração entrecortada, ele mexia na fivela do cinto. Uma veia saliente, grossa e horrível pulsava junto aos tendões de seu pescoço. Ele fedia a esterco de mula e a sua própria roupa suja. Ela fechou os olhos. Um jato de vômito encheu sua boca.

Ela gritou pela tia mesmo sabendo que não havia esperança de ser ouvida. Tia Julie estava muito longe do alcance de seus gritos e não ali para protegê-la. Tia Julie estaria na igreja agora, olhando a beleza do vitral de Moisés Resplandecente.

Bess bateu no queixo de Jackson, em seu rosto, arranhou suas costas e gritou, mas o cinto dele apenas caiu com ruído no chão e sua calça caiu contra as pernas dela.

O sr. Hollinghurst tinha descrito o vale estreito limitado por morros baixos, cobertos de árvores, um riacho ao norte e depois uma cidade; a casa do morto ficava pouco adiante por um caminho de pedras; uma casa de troncos com varanda e pasto cercado no qual provavelmente haveria mulas. Era isso, disse o sr. Hollinghurst, que estava escrito na capa das cartas dobradas, e o rapaz achou que não devia estar longe agora.

Ao sentir que estava tão perto, pela primeira vez em sua longa viagem, continuou além do nascer do dia em vez de parar para se esconder nas árvores até a noite, contornou a fileira de prédios da cidade e através das árvores se dirigiu outra vez à estrada que levava para longe deles na direção leste.

Chegou a uma igreja branca e ouviu canto lá dentro. Viu adiante o caminho de pedras.

Talvez a luz do dia a que não estava acostumado o tivesse distraído.

Talvez por estar com sono depois de viajar a noite inteira e agora por metade da manhã também.

De qualquer forma, foi pego de surpresa; não viu o homem branco gordo até estar quase em cima dele. Lá na frente, junto a um arbusto alto atrás da igreja: um homem branco, gordo, de colete amarelo e óculos, com a mão dentro da calça.

O rapaz aquietou o cavalo e o levou para o meio das árvores. Tinha visto muitos homens brancos antes desse que tiravam revólveres de dentro da roupa. Será que esse o havia visto? Não tinha certeza.

O homem gordo olhou depressa para a direita e a esquerda, depois seu olhar pareceu se fixar na direção do rapaz e pareceu se deter, como se a ponto de fazer alguma coisa. Velha de Longe viu então que ele estava definitivamente segurando alguma coisa na mão escondida. O coração do rapaz começou a bater muito rápido. "Não tenho armas", disse a si mesmo. "Não sobrou nenhuma flecha, nem tenho arma de fogo porque o mesquinho e enganador comerciante de peles, Devereux, não quis me dar nenhuma até eu voltar."

É quando ele se lembra da agulha de tricô.

Com um rápido nó apertado, encurta o cordão de seu pequeno arco de nogueira, morde com força o botão de madeira de uma ponta da longa agulha de aço até fazer um sulco; coloca-a no lugar, puxa o braço, atira e mata o gordo bibliotecário.

Satisfeito e um pouco surpreso com a precisão de seu tiro, ele desmonta. Como a agulha de tricô é uma coisa preciosa, e como não sabe quando vai precisar dela de novo, ele a remove do pescoço do homem que ela perfurou como um tronco de bordo, e o xarope escuro borbulha sobre o colete, a camisa e a calça do homem.

O rapaz lamenta pelo lindo colete, da mesma cor bonita de sua flor favorita. Hesita quanto aos óculos, porque não tem uso para eles, uma vez que sua visão é excepcionalmente precisa. Mas tem idade suficiente, inteligência suficiente e experiência suficiente para saber que, só porque algo não é útil para ele, não quer dizer que não seja útil para alguém e, portanto, valioso. E, mesmo que os óculos se mostrem sem nenhum valor, o vidro em si é com certeza bom demais para deixar para trás, assim como os pedacinhos de metal curvo em torno das orelhas brancas e esponjosas do homem.

Ele os pega e põe no bolso do grande casaco de Cy Bellman, limpa depressa a agulha de tricô na manga da camisa do homem morto, volta ao cavalo e continua no que, pela posição do sol, pelo movimento do vento e pela lembrança das instruções do sr. Hollinghurst, lhe parece a direção certa.

Bess prende a respiração e diz a si mesma para pensar em outra coisa. Em algo distante e que não tenha nada a ver com o momento presente, com o que acontece nele. Sua única esperança é que termine depressa.

No quintal, uma das jumentas zurrou. Uma telha solta se mexeu em algum lugar do telhado com o vento. Atrás dela, o relógio tique-taqueava alto e a pequena saliência da base afundou em sua nuca enquanto Jackson a pressionava contra a parede. Ela fechou os olhos.

E então o rapaz se lembra.

De costas para a pequena cidade de madeira e a estrada, ele se detém: a ondulação das colinas, a configuração da floresta, o aroma fresco do capim de verão e a terra escura e rica — tudo lhe volta da infância, chega através do tempo, no sopro do vento matinal.

"Isto era meu", ele pensa ao sair de um bosque de bordos. "Estou aqui. De volta ao lugar de onde vim e onde tudo aconteceu."

Jackson grunhe e geme. Agarra o vestido dela com o punho, chama-a de sua bebê.

Então, cascos batem ao longe e, pela porta aberta, entre o ombro ofegante e o pescoço vermelho e úmido de Elmer Jackson, uma figura num cavalo negro se aproxima a galope pelo longo caminho de pedras que atravessa o pasto, vindo do oeste, uma figura com tranças escuras esvoaçantes, num casaco marrom que bate e uma blusa de cor pastel enfunada que pareceu a Bess uma não sonhada santíssima trindade de seu pai, sua mãe e algum estranho que nunca vira na vida.

"Socorro!"

Ela chutou, mordeu, arranhou as costas de Jackson.

Durante um longo tempo, a figura no cavalo preto parecia não chegar mais perto e Jackson tirou sua calcinha, pôs suas pernas em torno da cintura dele. Mais bater de cascos então, alguns relinchos, uma longa derrapagem na poeira e algo rápido e leve como uma pluma lançado através do ar da manhã, cintilando com uma luz prateada, saiu pelo olho de Jackson bem diante do nariz dela.

Ela sentiu Jackson desgrudar, afastar-se e cair no chão.

Ele se contorceu uma vez e depois ficou paralisado.

O índio não tinha barba e não era alto, com ombros estreitos, ligeiramente caídos, usava o casaco de seu pai e a blusa de sua mãe. Entremeadas em suas tranças escuras, fitas de várias cores, em torno do pescoço colares de contas, azuis, brancas, vermelhas, um guizo tilintante e numa das orelhas o dedal de cobre que ela reconheceu.

Ela engoliu em seco.

Nossa! Primeiro Elmer Jackson. Agora um índio com as roupas de seus pais.

Ela tremia, não conseguia falar.

Talvez por causa dos dois anos que passou com tia Julie, e do longo tempo que não conversava com Sidney Lott na manhã de domingo, que Bess, ao falar afinal, soasse mais como uma mulher de quarenta e cinco anos que com uma menina de doze e meio.

"Muito obrigada ao senhor", ela disse, ainda recuperando o fôlego. "Sou muito grata pelo momento de sua chegada."

Ela não sabia dizer se ele havia entendido. Pensou que talvez não, uma vez que ele simplesmente ficou parado à sua frente e não disse nada. Ele estava suado da cavalgada e seu rosto brilhava. Não parecia com ninguém que ela já tinha visto.

Bess endireitou a roupa rasgada e amassada. Estava tremendo violentamente. Não queria perguntar ao rapaz por que ele estava com a blusa, o casaco, o dedal. Não queria saber como tinha em sua posse uma das agulhas de tricô de sua mãe, ou por que montava o cavalo de seu pai. Não queria saber nada mais do que sabia agora. Não acreditava que ele fosse portador de boas notícias.

O rapaz não disse nada.

Quando for velho, ele ainda pensará algumas vezes no homem se mexendo em cima dela à distância. Visível pela porta aberta, como um animal num túnel de árvores, iluminado no escuro ao redor.

De uma trouxa em seu cavalo ele tirou os papéis que o comerciante de peles lhe confiara e entregou para ela.

"Ah", disse Bess.

Havia as cartas não enviadas, claro, com o nome dela escrito, havia os desenhos de plantas, árvores e arbustos desconhecidos, alguns pequenos animais estranhos, um coelho grande e, entre algumas páginas, umas poucas folhas prensadas e quebradiças e minúsculas sementes secas que caíram em suas mãos.

Havia a carta de Devereux, explicando a ela que seu pai tinha morrido e seus ossos estavam enterrados no oeste.

Não havia nenhum desenho de qualquer criatura gigantesca com presas.

"Por favor, com licença um momento," ela disse e saiu para a varanda remendada e inclinada.

Por um longo tempo ficou parada protegendo os olhos do sol e olhando para oeste, à espera de que, apesar das notícias que o rapaz trouxera, uma figura alta com chapéu de chaminé aparecesse através da poeira que assentava e das pedrinhas claras chutadas pelo rápido cavalo negro, mas não veio ninguém. Havia o céu, as árvores, o longo caminho, e ela entendeu que isso era tudo o que havia, mas assim mesmo ficou ali parada, olhando, a mente fazendo tudo o que podia para evitar acreditar no que lhe havia sido dito; tudo o que podia para recusar a notícia. Só o seu corpo aceitou, com o violento tremor que ela agora lutava para controlar, consciente de que estava diante de uma onda que, se deixasse, a engoliria e ela não teria como voltar à superfície para respirar.

Sentou-se à mesa de pinho e escreveu ao comerciante de peles como ele pedira. O rapaz estendeu a mão para pegar o papel e ela o entregou.

"Pode ficar com a blusa", ela disse baixinho, "com o casaco e o dedal." Parecia um preço baixo a pagar pelos serviços que ele prestara, embora fosse mesmo difícil saber se ele tinha entendido.

Em voz mais alta e lenta, ela disse: "Vou até a bomba pegar uma caneca de água para cada um. Vamos nos sentir melhor com a água fresca, tenho certeza. Por favor, fique aqui, só leva um minuto".

Bess sempre se perguntou o que o rapaz teria pensado enquanto ela estava na bomba, quais seriam seus sentimentos além de estar, provavelmente, muito cansado.

Ela se perguntou se ele teria medo de que alguém fosse atrás dele por causa de Elmer Jackson, ali caído num rio do próprio sangue com uma agulha de tricô atravessada no rosto — se ele achava que ela própria pudesse ter ido buscar alguma pessoa.

Ela se perguntou se, parado ali na casa estranha com a pálida luz da manhã em toda a volta, ele tinha sentido de repente muita saudade de casa ou se havia algum compromisso extremamente urgente, ou alguma pessoa para quem ele tinha de voltar depressa.

A única coisa de que tinha certeza era que ele deve ter sentido que, por seu trabalho, merecia mais que a blusa suja de sua mãe, seu dedal de cobre e o velho casaco surrado de viagem do pai, porque, quando voltou da bomba com duas canecas de lata com água, uma para cada um, ele não só tinha ido embora, não só havia arrancado o cabelo da cabeça de Elmer Jackson, recuperado a agulha de tricô ensanguentada de seu olho e levado tudo isso junto com o cavalo cinzento de Elmer Jackson, como, de dentro da casa, havia levado também o pegador de panelas de crochê que ficava no gancho ao lado do fogão, um pano de pratos, dois garfos, uma faca, uma colher, um avental bordado e o guarda-chuva preto de tia Julie.

Por um momento, ela ficou na varanda com as canecas de água e olhou para o oeste, mas não havia sinal dele. A única prova de que ele tinha vindo, além das coisas que levara e não estavam mais na casa, era o corpo de Elmer Jackson caído abaixo do relógio.

Ela bebeu a água e esperou até seu coração bater um pouco mais lento.

Tia Julie ia ficar muito brava por causa do pegador de panelas, do pano de pratos e do avental bordado, ia ficar furiosa por causa dos talheres e do guarda-chuva, que tinha ponteira de prata e acabara de ser consertado.

"Bom", Bess falou em voz alta, "vou dizer que saí com o jumento para buscar lenha e quando voltei as coisas tinham sumido."

Nesse meio-tempo ela iria buscar um balde, esfregar o sangue do chão, amarrar Elmer Jackson pelos tornozelos à mula e arrastá-lo até o pasto distante, onde o solo era macio e fácil de cavar, cavaria uma cova para ele, o rolaria para dentro dela e o cobriria.

As cartas do pai ela esconderia debaixo do colchão e não contaria nada a tia Julie, nunca.

Não queria que a tia, nem os Lott, nem mais ninguém no condado de Mifflin soubessem que ele havia cumprido a perversa profecia deles e não voltara; que ele nunca encontrara as criaturas enormes que havia procurado.

Ela não queria saber o que a tia Julie teria dito do fracasso dele.

Não queria que fosse chamado de tolo, e contado entre os perdidos e loucos.

Também não queria contar a tia Julie sobre o índio de rosto liso que a havia salvado, roubado a casa e ido embora sem nem uma palavra de despedida.

Parecia provável que a tia fosse encontrar algo amargo e censurável para dizer sobre ele também, e por isso ela preferia manter essa parte igualmente em segredo.

Quanto à bússola, não ficou claro se ele a tinha derrubado na pressa de ir embora ou se a tinha deixado de propósito. De qualquer modo, não a pôs debaixo do colchão, mas a conservou no bolso, com a mão em torno dela, e continuou a pensar nele indo embora a cavalo, de volta para o oeste. Pensou que a agulha de tricô ensanguentada estaria em sua aljava vazia junto com os talheres e que ele levaria o guarda-chuva debaixo do braço, como uma lança. Talvez tivesse amarrado o pegador de panelas na cabeça, o pano de prato e o avental bordado em torno dos ombros. Quando fechou os olhos, ela os viu esvoaçando em torno dele na brisa da manhã, como uma bandeira e uma capa de pedras preciosas.

Agradecimentos

Meus agradecimentos ao Dorothy and Lewis B. Cullman Center for Scholars and Writers da Biblioteca Pública de Nova York por uma bolsa nos anos 2016-7, tão importante para que eu pudesse escrever este livro. Agradeço a Jean Strouse e sua maravilhosa equipe ali e a seus curadores e bibliotecários da Biblioteca Pública de Nova York.

Agradeço a Salvatore Scibona, Akhil Sharma e Jonathan Stevenson, os primeiros a ler e comentar o manuscrito.

Agradeço a David Constantine, Cathy Galvin, Mary O'Donoghue, e Sophie Rochester.

A Marion Duvert e Anna Webber.

A Sarah Goldberg e Bella Lacey.

Um agradecimento especial a Bill Clegg.

E a Michael, sempre.

ESTA OBRA FOI COMPOSTA PELA ABREU'S SYSTEM EM ADOBE GARAMOND
E IMPRESSA EM OFSETE PELA GEOGRÁFICA SOBRE PAPEL PÓLEN BOLD DA SUZANO
PAPEL E CELULOSE PARA A EDITORA SCHWARCZ EM JULHO DE 2018

A marca FSC® é a garantia de que a madeira utilizada na fabricação do papel deste livro provém de florestas que foram gerenciadas de maneira ambientalmente correta, socialmente justa e economicamente viável, além de outras fontes de origem controlada.